시티
픽션
ㅡㅡㅡ
뉴욕

시티
픽션

———————

뉴욕

허먼 멜빌　　F. 스콧 피츠제럴드

한기욱 옮김

창비

허먼 멜빌 Herman Melville

필경사 바틀비: 월가 이야기 Bartleby, the Scrivener

나는 나이가 꽤 지긋한 사람이다. 지난 삼십년 동안 내 직업의 성격상 나는 흥미롭고 다소 특이한 집단의 사람들을 제법 깊이 접하게 되었다. 내가 알기로는 그들에 대해서 아직 어떤 글도 쓰인 것이 없는데, 법무 필경사 혹은 대서인 들 말이다. 나는 직업상으로나 개인적으로 그들 상당수를 알고 지냈고, 만일 내가 원한다면 마음씨 착한 신사들은 미소를 짓고 감상적인 사람들은 눈물을 흘릴 다양하고 기구한 내력들을 이야기할 수 있다. 그러나 내가 보거나 들은 중에 가장 이상한 필경사인 바틀비의 생애에 관한 몇몇 구절만 남기고 다른 모든 필경사들의 전기는 포기하고자 한다. 다른 필경사에 대해서라면 일생을 다루는 전기를 쓸 수도 있

지만 바틀비에 대해서는 그런 종류의 글을 전혀 쓸
수 없다. 나는 이 사람에 대한 충실하고 만족스러
운 전기를 쓸 만한 자료란 존재하지 않는다고 믿는
다. 그것은 문학에는 돌이킬 수 없는 손실이다. 바
틀비는 일차자료 말고는 어떤 것도 확인할 수 없는
그런 존재 중의 하나인데, 그의 경우에는 일차자료
란 것이 얼마 안되는 것이다. 바틀비의 경우 내 놀
란 두 눈으로 본 것, 그것이 결말 부분에 등장하는
한가지 모호한 소문을 제외하면, 사실 내가 그에
관해 알고 있는 전부이다.

내 앞에 처음 모습을 드러낸 바틀비를 소개하
기 전에 나 자신과 종업원들, 나의 일과 사무실, 그
리고 전반적인 환경에 대해 약간 언급하는 것이 적
절하겠다. 왜냐하면 그런 묘사를 어느정도 해놓아
야 곧 등장할 주인공을 충분히 이해할 수 있기 때
문이다.

우선, 나는 젊을 때부터 줄곧 편하게 사는 것이
제일이라는 확신으로 가득 찬 사람이다. 따라서,
하도 격렬하고 신경을 곤두서게 해서 때때로 소동

이 일어나기까지 하는 것으로 소문난 직업에 종사하지만 그런 종류의 고충 때문에 내 평화가 침해되는 일은 결코 없었다. 나는 배심원단 앞에서 열변을 토하거나 대중의 갈채를 불러일으키는 일은 일절 하지 않고 혼자 조용히 아늑한 사무실에 처박혀 부자들의 채권, 저당증서, 부동산 권리증서 등을 쌓아놓고 수지맞는 일을 하는, 그런 야심 없는 변호사 중 하나이다. 나를 아는 사람은 누구나 나를 더없이 안전한 사람이라고 여긴다. 시적 정열 따위에는 관심없는 인물인 고故 존 제이컵 애스터[1]는 나의 첫째 장점이 신중함이고 둘째 장점은 체계성이라고 서슴없이 단언했다. 내가 이 말을 하는 것은 허영심 때문이 아니라 다만 나 자신이 고 존 제이컵 애스터의 변호사 일을 맡아보지 못한 사람이 아니라는 사실을 기록하기 위해서이다. 그러나 인정하건대, 나는 그의 이름을 자주 입에 올리기를 좋아한다. 왜냐하면 그 이름에는 구슬 같은 원순음

[1] John Jacob Astor(1763~1848). 중국무역, 부동산, 모피회사 등으로 성공한 당대 미국의 최고 부호.

圓脣音이 있어서, 마치 순금에 부딪힌 양 낭랑하게 울리기 때문이다. 나는 고 존 제이컵 애스터의 호의적인 견해에 무감하지 않다는 것을 기꺼이 덧붙이고자 한다.

이 작은 이야기가 시작되기 얼마 전에 내 업무량은 크게 증가했다. 뉴욕주의 지금은 없어진, 예전의 그 좋은 형평법 법원[2]의 주사 자리가 내게 주어진 것이었다. 그것은 그다지 힘이 들지 않는 일이지만 매우 흡족할 정도로 수지가 맞았다. 나는 웬만해서는 화를 내지 않거니와 부당한 일이나 황당한 일에 분개하는 위험천만한 행동은 더더욱 삼갔다. 그렇지만 여기서 내가 새 헌법에 의하여 형평법 법원의 주사직이 갑자기 폐지된 폭거를 ○○한 시기상조의 조처로 여기고 있다고 성급히 단언하는 것을 양해해주기 바란다. 평생 동안의 이득을 기대했는데 실제로는 불과 몇년밖에 혜택을 받지 못했기 때문이다. 하지만 이건 여담이다.

2 뉴욕주에 1777년 설치되었다가 1846년 주 헌법 개정으로 폐지됨.

내 사무실은 월가 ○○번지 위층에 있었다. 사무실의 한쪽 끝은 건물 꼭대기에서 밑바닥까지 관통하는 널찍한 채광용 수직공동垂直空洞 안쪽의 흰 벽을 마주 보고 있었다. 이 전망은 확실히 풍경화가가 말하는 '생기'가 결여되어 있어 무엇보다 활력이 없다는 생각이 들 수 있었다. 그렇다면 사무실 반대쪽 끝에서 보이는 전망은 앞의 전망보다 더 나을 건 없더라도 적어도 좋은 대조를 이루고 있었다. 이쪽 방향의 창문을 내다보면 오래되고 늘 그늘이 져서 거무칙칙한 높다란 벽돌벽이 막힘없이 눈에 들어오는데, 이 벽은 그 숨겨진 아름다움을 알아보기 위해 망원경을 쓸 필요가 없으며 어떤 근시안이라도 볼 수 있을 정도로 내 사무실 유리창에서 3미터도 안되는 곳까지 바짝 다가와 있었다. 주변 건물들이 대단히 높고 사무실이 이층에 있는 탓에 이 벽과 사무실 건물 벽 사이의 간격은 거대한 정방형의 물탱크와 적잖게 닮아 있었다.

바틀비가 출현하기 직전 나는 두 사람을 필경사로 고용하고 있었고 장래가 촉망되는 한 소년을 사무실 사환으로 두고 있었다. 첫째 터키, 둘째 니퍼스, 셋째 진저 넛이었다. 이 이름들은 인명부에서 비슷한 예를 찾아보기 힘든 희귀한 이름처럼 보일지도 모른다. 사실은 이 이름들은 내 직원 세 사람이 서로에게 붙인 별명으로서, 그들 각각의 신체나 성격을 표현하는 것으로 여겨졌다. 터키[3]는 땅딸하고 숨이 가쁜, 내 또래의 — 말하자면 환갑이 머잖은 나이의 — 영국인이었다. 오전에는 그의 얼굴이 불그레하니 혈색이 좋다고 할 수 있지만 점심 시간인 정오 후에는 크리스마스날 석탄으로 가득한 벽난로처럼 활활 타고, 저녁 여섯시경까지 계속 타다가, 말하자면 서서히 사위어갔다. 그 시간 이후 나는 그 얼굴주인을 더이상 보지 못하지만, 태양과 함께 정점에 도달한 그의 얼굴은 태양과 함께 졌다가 그다음 날도 전날처럼 규칙적이고 그 못지 않게 찬란하게 태양과 함께 떠올라 정점에 도달했다가 저무는 것 같았다. 인생을 살면서 나는 많은

3 보통명사로 얼굴이 붉은 칠면조.

특이한 우연의 일치를 알게 되었는데, 그중 다른 것 못지않은 것이 이런 사실이었다. 즉 정확히 터키가 자기의 붉고 빛나는 혈색에서 최대한의 광채를 뿜어내는 바로 그때, 그 중대한 순간에 내가 보기에는 스물네시간 중 나머지 시간 동안 그의 업무 역량이 심각하게 저하되는 일과시간 역시 시작된다는 것이었다. 터키가 그때 게으르기 짝이 없다거나 업무를 지긋지긋해한다는 뜻이 아니다. 전혀 그렇지 않다. 오히려 그가 너무너무 원기왕성해진다는 데 어려움이 있었다. 그는 이상할 정도로 흥분하며 당황하고 들떠서 경솔한 행동을 하는 면이 있었다. 그는 잉크병에 펜을 담그면서 조심하지 않았다. 내 서류에 그가 남긴 잉크 얼룩들은 모두 정오 열두시 이후에 떨어뜨린 것이다. 실로 터키는 오후만 되면 경솔해져서 슬프게도 얼룩을 묻히는 습성이 있을뿐더러 어떤 날에는 한술 더 떠서 꽤나 시끄러웠다. 그런 때는 그의 얼굴 역시 무연탄 위에 촉탄燭炭을 쌓아올린 것처럼 한층 더 시뻘겋게 달아올랐다. 그는 의자로 불쾌한 소리를 내는가 하면

모래통⁴을 쏟기도 했다. 펜을 고치려고 안달하다가 산산조각나자 돌연 불같이 화를 내며 그것을 바닥에 내동댕이치기도 했다. 그러고는 일어서서 책상 위로 몸을 굽혀 그처럼 나이 지긋한 사람으로서는 보기 민망할 정도로 점잖지 못하게 서류를 마구 헝클어뜨리곤 했다. 그럼에도 터키는 여러모로 내게 무척 소중한 사람이고 또한 정오 이전에는 줄곧 가장 빠르고 꾸준한 사람으로서 쉽게 넘볼 수 없는 방식으로 대단한 양의 일을 완수했다. 이런 이유들 때문에 그의 기행을 기꺼이 눈감아주곤 했으나, 사실은 가끔 그에게 잔소리를 하기도 했다. 그러나 잔소리를 하더라도 아주 부드럽게 했는데 그것은 그가 오전에는 더없이 정중하고, 아니 더없이 온후하고 더없이 공손한 사람이지만 오후에는 자극을 받으면 말투가 약간 경솔해지는, 사실상 거만해지는 경향이 있었기 때문이다. 그런데 나는 그의 오전 근무를 높이 평가하고 있어 그를 계속 데

---

4 잉크를 말리려고 뿌리는 모래를 담아둔 통.

리고 있을 작정이지만 그럼에도 열두시 이후 그의 불같은 방식 때문에 불편했다. 나는 사태를 조용하게 처리하는 사람이라서, 자칫 충고하다가 그에게서 험악한 말대꾸를 당할까봐 어느 토요일 정오에 (그의 증상은 토요일이면 항상 더 심각해진다) 아주 부드럽게 넌지시 말해보기로 했다. 즉 이제 그도 늙어가고 있으니 근무를 단축하는 것이 좋지 않겠느냐고, 간단히 말해서 열두시 이후 사무실에 나올 필요 없이 점심 후에 숙소로 귀가해서 차마시는 시간까지 쉬는 것이 좋겠다고 말했다. 그러나 안된다는 것이다. 그는 자신의 헌신적인 오후 근무를 고집했다. 그가 웅변조로 자신의 오전 근무가 유용하다면, 그렇다면 오후 근무는 얼마나 필수불가결하겠는가 하고 내게 장담할 때—긴 자로 사무실 맞은편 끝을 겨냥하는 동작을 취하면서—그의 얼굴색은 참기 힘들 정도로 타오르는 듯했다.

"선생님, 외람된 말씀입니다만," 이런 경우에 터키는 말했다. "나는 나 자신을 선생님의 오른팔이라고 생각합니다. 오전에는 단지 군대를 소집해서 배치시키기만 하지만 오후에는 내가 직접 군대의 선두에 서서 적에게 돌격하는 겁니다. 이렇게요." 그러면서 터키는 자로 격렬하게 찌르는 시늉을 했다.

"하지만 터키, 얼룩이 생기잖아." 내가 넌지시 말했다.

"그렇지요, 하지만 외람된 말씀이지만, 선생님, 이 머리카락을 보세요! 나는 늙어가고 있습니다. 따뜻한 오후에 얼룩 한두점이 나온다고 이런 희끗 희끗한 노인을 심하게 문책할 것은 아니지요. 노년이란 설령 문서 한쪽 전체를 얼룩지게 하더라도 존중받아야 하지요. 외람된 말씀이지만, 선생님, 우린 둘 다 늙어가고 있어요."

이렇게 동류의식에 호소하면 저항하기가 힘들어진다. 어쨌거나 나는 그가 일찍 퇴근하지 않으리라는 것을 알았다. 그래서 그가 남아 있도록 내버려두기로 작정했지만 그래도 오후 동안에는 덜 중요한 서류를 다루게 해야 한다고 결심했다.

내 종업원 명부에 두번째로 올라 있는 니퍼스[5]는 구레나룻을 기르고 혈색이 나빠 전체적으로 해

적처럼 보이는 스물다섯살가량의 청년이었다. 나는 언제나 그를 두가지 사악한 힘 — 야망과 소화불량 — 의 희생자로 여겼다. 야망은 단순한 필경사의 일을 참지 못하는 어떤 성향, 이를테면 법률 문서의 원안 작성처럼 엄격히 전문가만 해야 할 일에 당치 않게 손대는 버릇으로 나타났다. 소화불량은 이따금 신경질적으로 퉁명스러워지면서 이를 드러내며 짜증을 낸다든지 필사 중에 실수를 저지르면 소리나게 이를 간다든지 한창 일하다가 쓸데없이 악담을 — 말한다기보다는 내뱉는 방식으로 — 한다든지 그리고 특히 그가 일하는 책상 높이에 끊임없이 불만을 갖는 것으로 나타나는 듯했다. 기계를 만지는 데는 매우 뛰어난 재능이 있지만 니퍼스는 이 책상을 결코 자기 마음에 맞게 조절할 수가 없었다. 그는 갖가지 블록, 판지조각 등의 토막들로 책상을 괴고 마침내 막판에는 압지를 접어서 정교한 조정을 시도하기까지 했다. 그러나

5 보통명사로 집게, 족집게를 뜻함.

어떤 재간을 부려도 소용이 없었다. 만약 등을 편안하게 하려고 책상 뚜껑을 턱에 닿을 정도로 가파른 각도로 높이고서 마치 네덜란드식 가파른 집지붕을 책상으로 삼는 사람처럼 글을 쓸 때면 팔의 혈액순환이 안된다고 분명히 말했다. 책상 높이를 허리춤까지 낮추고 책상 위로 몸을 구부려 글을 쓰면, 이번에는 등이 쑤시듯 아팠다. 요컨대 문제의 진상은 니퍼스가 자신이 무엇을 원하는지 알지 못했다는 것이다. 아니면 정녕 원하는 것이 있다면 그건 필경사의 책상을 아예 치워버리는 것이었다. 그의 병든 야망의 표출 가운데는 그가 고객이라고 부르는, 초라한 외투를 입은 정체불명 친구들의 방문을 즐기는 것도 끼어 있었다. 사실 그는 때로는 꽤 중요한 지역정치가였을 뿐 아니라 이따금 법원에서 사소한 업무도 보았고 툼스[6] 인근에서도 알려진 사람이라는 것을 나는 알고 있었다. 그러나 나는 내 사무실로 그를 찾아와 거드름을 피우며 자

---

6 1836년 맨해튼 남쪽에 건립된 뉴욕시 법무청사 및 구치소(The New York Halls of Justice and House of Detention)의 별칭.

기가 니퍼스의 고객이라고 주장한 한 인물이 다름 아닌 빚쟁이였고 부동산 권리증서라고 하는 것이 청구서였다고 믿을 충분한 이유가 있다. 그러나 그의 이런 모든 결점과 그로 인해 야기되는 성가심에도 불구하고 니퍼스는 그의 동료인 터키와 마찬가지로 내게 매우 유용한 사람이었다. 그는 깔끔하고 재빠르게 필사를 했으며 마음이 내키면 충분히 신사적인 품행을 보여주었다. 여기에 덧붙여 그는 항상 신사답게 옷을 입었고, 그래서 말하자면 사무실에 신망을 더해주었다. 반면에 터키로 말하자면 나는 그가 사무실에 누가 되지 않도록 하느라고 법석을 떨어야만 했다. 그의 옷은 기름때에 찌든 모습인데다 싸구려 식당 냄새를 풍기기 십상이었다. 그는 여름에 바지를 매우 헐렁하고 불룩하게 입었다. 그의 외투는 혐오스럽기 짝이 없고 모자는 손댈 수 없을 정도였다. 그러나 그가 영국인 직원으로서 타고난 예의범절로 사무실에 들어오는 순간 항상 모자를 벗기 때문에 그의 모자는 어떻든 상관없었지만 외투는 별개의 문제였다. 외투에 대해 나는 그를 설득해보았지만 효과가 없었다. 사실은 수입이 너무 적은 사람이 그토록 번들거리는 얼굴과 윤기 있는 외투를 동시에 뽐낼 수는 없었던 것 같다. 니퍼스가 언젠가 말한 대로 터키의 돈은 주로 싸구려 술에 들어갔다. 어느 겨울날 나는 터키에게 매우 점잖아 보이는 내 외투 한벌을 선물했다. 솜을 덧댄 회색 외투인데 무릎에서 목까지 단추가 달려 있어 매우 편안하고 따스했다. 나는 터키가 내 호의를 고맙게 여기고, 오후만 되면 도지는 경솔하고 소란스러운 언행을 자제할 것으로 생각했다. 그러나 천만의 말씀이었다. 귀리를 너무 많이 주면 도리어 말에게 해롭다는 원칙과 마찬가지로 그렇게 담요같이 포근한 외투를 감싸고 단추를 꽉 채우는 것이 그에게 해로운 영향을 주었다고 나는 진정 믿는다. 사실 경솔하고 고집 센 말이 귀리를 먹으면 날뛴다는 속담과 똑같이, 외투를 입은 터키도 그랬다. 외투가 그를 건방지게 만든 것이다. 그는 물질적 풍요가 해가 되는 사람이었다.

터키의 방종한 습성에 대해 내 나름대로 짐작

하는 바가 있지만, 니퍼스에 대해서는 다른 면에서 어떤 결함이 있건 적어도 술은 삼가는 젊은이라는 것을 사뭇 확신하고 있었다. 그러나 사실은, 천성이 그에게 술을 대어주는 격이었으니, 그는 태어날 때부터 성마르고 브랜디 같은 체질로 꽉 차 있어서 차후의 음주가 조금도 필요하지 않았던 것이다. 조용한 사무실에서 때때로 니퍼스가 더는 못 참겠다는 듯이 자리에서 일어나 책상에 몸을 구부리고 팔을 넓게 벌려 책상 전체를 붙잡고는 마치 그것이 고의로 자기를 방해하고 화를 돋우려고 작정한 심술쟁이라도 되는 것처럼 이리 움직이고 저리 잡아당기면서 바닥에 책상을 갈아대는 섬뜩한 모습을 곰곰이 생각할 때 나는 니퍼스에게 물 탄 브랜디가 전혀 필요하지 않다는 것을 분명히 인식하게 된다.

니퍼스의 짜증과 그에 따른 신경과민이 그 특이한 원인 ── 소화불량 ── 때문에 주로 오전에 현저하게 나타나는 반면 오후에는 비교적 순해진다는 사실은 나로서는 다행이었다. 터키의 발작은 열두시경이 되어서야 시작되므로 한번도 두 사람의 기행을 한꺼번에 상대하지 않아도 되었기 때문이다. 그들의 발작은 마치 경비병의 근무 교대처럼 서로 교대했다. 니퍼스의 발작이 시작되면 터키의 발작은 가라앉았고, 그 역도 마찬가지였다. 이는 주어진 정황에서는 자연의 훌륭한 배려였다.

내 종업원 명부의 세번째인 진저 넛[7]은 열두살쯤 되는 소년이었다. 그의 아버지는 짐마차 마부였는데 죽기 전에 아들이 마부석 대신 판사석에 앉아 있는 모습을 보기를 열망했다. 그래서 그는 주급 1달러에 아들을 법률 문하생이자 심부름꾼이자 청소부 자격으로 내 사무실에 보냈다. 진저 넛은 자기만의 자그마한 책상을 갖고 있으나 별로 사용하지 않았다. 검사를 해보면 서랍에는 갖가지 견과류 껍데기들이 수북했다. 실로 약삭빠른 이 젊은이에게는 고상한 법학 전체가 견과 껍데기 속에 담겨 있는 셈이다. 진저 넛이 하는 일 가운데서 다른 것 못지않게 중요할뿐더러 더없이 민첩하게 수행하기

---

7 생강이 든 빵이나 비스킷.

도 하는 일은 터키와 니퍼스에게 빵과 사과를 조달하는 임무였다. 법률 문서를 필사하는 일은 소문대로 무척 무미건조하고 갈증나는 일이라서, 나의 필경사 둘은 세관과 우체국 근처의 수많은 노점에서 구할 수 있는 스피천버그 사과[8]로 아주 자주 입을 축이고 싶어했다. 또한 그들은 그 특이한 빵 — 작고 납작하고 둥글고 아주 향긋한 빵 — 을 사러 진저 넛을 뻔질나게 보냈는데, 이 빵 이름을 따서 그의 별명을 지었다. 어느 추운 아침에 업무가 지루하기만 할 때에 터키는 생강빵을 그저 살짝 구운 과자인 것처럼 수십개씩이나 게걸스럽게 먹어치우곤 했는데 — 사실 그것들은 1페니에 여섯개나 여덟개씩 팔았다 — 그럴 때는 펜이 종이 위를 긁는 소리가 입에서 파삭파삭한 조각들이 와삭 부서지는 소리와 뒤섞였다. 터키가 오후에 흥분해서 저지르는 경거망동 중에서 그가 한번은 생강빵을 입에 물고 침을 묻혀서 그것을 봉인 대신 저당증서에 찰

8   여름에 익는 적색·황색의 미국산 사과.

싹 갖다붙인 일이 있었다. 그때 나는 그를 해고할 뻔했다. 그러나 그는 동양식으로 절을 하면서 "외람된 말씀이지만 선생님, 내 돈으로 선생님의 문방구를 조달한 셈이니 내가 후한 사람이지요" 하고 말하는 바람에 내 마음이 진정되었다.

나의 원래 업무 — 부동산 양도증서 작성 변호사이자 부동산 권리증서 추적자이자 온갖 종류의 난해한 서류 작성자의 업무 — 는 법원의 주사직을 맡고 나서 상당히 증가했다. 이제 필경사들의 일감이 크게 불어났다. 나는 이미 고용한 직원들을 다그쳐야 할뿐더러 아무래도 새로운 일손을 구해야 했다.

구인광고를 보고 어느날 아침 젊은이 하나가 여름이라 문을 열어놓은 사무실 문간에 꼼짝 않고 서 있었다. 지금도 그 모습이 눈에 선하다! 창백할 정도의 단정함, 애처로운 기품, 그리고 치유할 수 없는 고독. 그가 바틀비였다.

그의 자격과 관련하여 몇마디 물어본 다음 나는 그를 고용했다. 나의 필경사 군단에 그토록 눈에 띄게 침착한 면모의 사람을 갖게 된 것이 기뻤으며, 그런 면모가 터키의 변덕스러운 기질과 니퍼스의 불같은 성질에 유익하게 작용하리라고 생각했다. 미리 말해두었어야 하는 일이지만, 반투명유리 접이문이 내 사무실 공간을 두 부분으로 나누고 있었는데, 하나는 필경사들이 차지하고 다른 하나는 내가 차지하고 있었다. 기분에 따라 나는 이 문을 열거나 닫았다. 나는 바틀비를 접이문 옆의 한구석에 배치하되 내 공간 쪽에 두기로 했다. 자질구레한 문제를 처리해야 할 경우를 대비하여 이 조용한 사람을 내가 부르기 쉬운 곳에 두기 위해서였다. 나는 그의 책상을 사무실 그 부분의 조그만옆 창문에 바싹 붙여놓았다. 그 창은 원래 어떤 지저분한 뒤뜰과 벽돌의 옆모습을 보여주었으나 나중에 건물이 세워지는 바람에 현재는 약간의 빛은 받아들이되 경치는 전혀 보여주지 못했다. 유리창에서 1미터 내에 벽 하나가 있었고, 빛은 마치 둥근 천장의 매우 작은 구멍에서 나오는 것처럼 훨씬위에서 높다란 두 건물 사이를 타고 내려왔다. 더

욱더 만족스러운 배치를 위하여 나는 바틀비 쪽에서 내 목소리는 들을 수 있되 그를 내 시야에서 완전히 격리할 수 있는 높다란 접이식 녹색 칸막이를 구입했다. 그래서 그런대로 사적인 자유와 그와의 소통을 동시에 누릴 수 있었다.

처음에 바틀비는 엄청난 양의 필사를 했다. 마치 뭔가 필사할 것에 오랫동안 굶주린 사람처럼 그는 내 문서를 닥치는 대로 먹어치우듯 했다. 소화를 위해 쉬지도 않았다. 그는 밤낮을 가리지 않고 일하면서 낮에는 햇빛으로 밤에는 촛불을 켜고 필사를 했다. 만약 그가 즐겁게 일하기만 했다면 나는 그의 근면을 상당히 기뻐했을 것이다. 그러나 그는 말없이, 창백하게, 기계적으로 필사를 계속했다.

자기가 필사한 것이 정확한지 한자 한자 검증하는 것도 당연히 필경사 일의 빠뜨릴 수 없는 부분이다. 한 사무실에 두명 이상의 필경사가 있으면, 한 사람이 필사본을 읽고 다른 사람이 원본을 붙들고 있는 식으로 필경사들끼리 서로 도와가며 이런 검토작업을 한다. 이 일은 아주 지루하고 피곤하고 졸리는 작업이다. 어떤 다혈질의 사람들에게 이 일은 도저히 견디기 힘들 것이라는 상상을 쉽게 할 수 있다. 예컨대 원기왕성한 시인 바이런이 바틀비와 함께 느긋하게 앉아서 가령 꼬불꼬불한 필치로 빽빽하게 쓰인 오백면짜리 법률문서를 검토했으리라고는 도저히 믿을 수 없다.

가끔씩 일이 한창 바쁠 때는 몇몇 간단한 서류를 비교하는 일을 내가 직접 돕기도 하는데, 이런 목적으로 터키나 니퍼스를 부르는 것이 내 습관이었다. 바틀비를 칸막이로 가리되 편리하게 내 곁에 둔 한가지 목적은 이런 사소한 경우에 그의 서비스를 받고자 함이었다. 내 생각에 그날은 그가 나와 함께 있은 지 삼일째 되는 날이었고, 그때까지는 바틀비가 자신의 필사를 검토할 필요가 아직 없었다. 얼마 안되지만 당면한 용무를 끝내려고 다급했던 나는 부리나케 바틀비를 불렀다. 급하기도 했지만 바틀비의 즉각적인 반응을 당연히 기대하면서 나는 고개를 숙여 내 책상에 놓인 원본을 들여다보면서 사본을 쥔 오른손을 옆으로 다소 거칠게 뻗었다. 바틀비가 자신의 은신처에서 나오자마자 사본을 잡고 잠시도 지체하지 않고 작업에 착수할 수 있도록 하기 위해서였다.

바로 이런 자세로 나는 앉은 채로 그를 부르면서 내가 그에게 바라는 것이 무엇인지를—즉 분량이 얼마 안되는 서류를 나와 함께 검토하는 일을—신속하게 말했다. 바틀비가 자신의 구석자리에서 움직이지 않고 그 특유의 온화하면서도 단호한 목소리로 "그렇게 안 하고 싶습니다" 하고 대답했을 때 나의 놀라움, 아니 대경실색을 상상해보라.

나는 놀라서 어리벙벙한 정신을 가다듬으며 잠시 동안 아무 말 없이 앉아 있었다. 즉각 떠오른 생각은 내가 잘못 들었거나 아니면 바틀비가 내 뜻을 완전히 오해했다는 것이었다. 나는 내가 구사할 수 있는 가장 선명한 어조로 그 부탁을 되풀이했다. 그러나 똑같이 선명한 어조로 "그렇게 안 하고 싶습니다"라는 종전과 같은 대답이 들렸다.

"그렇게 안 하고 싶다니," 나는 크게 흥분하여 자리에서 일어나 사무실을 성큼성큼 가로질러 걸어가며 그 말을 되풀이했다. "무슨 소리야? 자네 미쳤어? 내가 여기 이 서류를 비교하게 도와달란 말이야—이거 받아" 하고는 그 서류를 그를 향해 디밀었다.

"그렇게 안 하고 싶습니다." 그가 말했다.

나는 꼼짝 않고 그를 노려보았다. 그의 여윈 얼굴은 태연했고 어둑한 잿빛 눈은 평온했다. 동요하는 기색이라곤 전혀 없었다. 그의 거동에 조금이라도 불안, 분노, 초조, 혹은 불손의 빛이 있었더라면, 다시 말해서 약간이라도 평범하고 인간적인 면모가 있었더라면 나는 틀림없이 그를 사무실에서 사정없이 내쫓았을 것이다. 그러나 실제로는 키케로 석고 흉상을 문밖으로 내쫓을 생각을 하는 편이 차라리 나을 지경이었다. 나는 그가 필사를 계속하는 동안 잠시 그를 노려보고 서 있다가 내 책상에 다시 돌아와 앉았다. 이건 정말 이상해, 하고 나는 생각했다. 어떻게 하는 것이 상책일까? 그러나 나는 일 때문에 바빴다. 그 문제는 당분간 덮어두었다가 나중에 한가할 때 생각하기로 결론지었다. 그래서 다른 방에서 니퍼스를 불러 신속하게 서류를 검토했다.

이 일이 있은 지 며칠 후 바틀비는 네통의 긴 문서를 완성했다. 그것은 형평법 고등법원에서 일주일 동안 내가 받아낸 증언 네통의 사본이었다. 그 서류들은 반드시 검토해야 했다. 중요한 소송인 만큼 아주 정확한 기록이 절대 필요했다. 사전준비를 다 한 다음 네통의 사본을 네명의 직원에게 하나씩 나눠주고 내가 원본을 읽을 요량으로 옆방에서 터키, 니퍼스, 진저 넛을 불렀다. 이에 따라 터키, 니퍼스, 진저 넛이 각자 손에 서류를 들고 열을 지어 앉았을 때, 나는 이 흥미로운 그룹에 동참하라고 바틀비를 불렀다.

"바틀비! 빨리, 기다리고 있잖아."

카펫을 깔지 않은 바닥에 천천히 책상다리가 긁히는 소리가 나더니 곧 그가 자기 은신처 입구에서 나타나 섰다.

"무슨 일이십니까?" 그가 부드럽게 말했다.

"필사본, 필사본 말일세." 내가 서둘러 말했다.

"우린 필사본을 검토할 거야. 자, 여기." 그러고는 그를 향해 네번째 사본을 내밀었다.

"그렇게 안 하고 싶습니다" 하고 말하고는 그는 칸막이 뒤쪽으로 점잖게 사라졌다.

잠시 동안 나는 소금기둥으로 변해, 줄지어 앉은 직원들 맨앞에 우두커니 서 있었다. 정신을 차리자 나는 칸막이 쪽으로 가서 그런 터무니없는 행동을 하는 이유를 물었다.

"왜 거절하는 거지?"

"그렇게 안 하고 싶습니다."

다른 사람이었더라면 나는 당장 무섭게 화를 내고 더이상 말로 하지 않고 그를 내 면전에서 굴욕적으로 쫓아냈을 것이다. 그러나 바틀비에게는 묘하게 나의 적의를 가라앉힐 뿐 아니라 놀라운 방법으로 나를 감동시키고 당황케 하는 면이 있었다. 나는 이치를 따지며 그를 설득하기 시작했다.

"우리가 검토하려는 건 바로 자네의 필사본들이야. 한번의 검토로 네개의 사본이 모두 처리될 테니까 자네 일을 덜어주는 것이야. 이건 일반적인 관례야. 필경사라면 누구나 자기 필사본을 검토하는 일에 일조해야 하는 거야. 그렇지 않겠어? 말도 하지 않을 거야? 대답해!"

"그렇게 안 하고 싶습니다." 그가 플루트 소리 같은 어조로 대답했다. 내가 바틀비에게 이야기를 하고 있는 동안 그는 내가 하는 발언을 구절구절 음미하고, 그 의미를 충분히 이해하고, 그 불가항력적인 결론을 부정할 수 없는 듯했으나, 그럼에도 불구하고 어떤 최우선적인 고려사항 때문에 그렇게 대답할 수밖에 없는 것처럼 보였다.

"그렇다면 자넨 내 요청을 따르지 않기로 결정한 거야? 일반적인 관례와 상식에 따라 한 요청을 말이야?"

그는 그 점에 대해서는 내 추측이 맞는다고 간단히 확인시켜주었다. 그랬다. 그의 결정은 돌이킬 수 없는 것이었다.

사람이란 유례없이 극히 불합리한 방식으로 윽박지름을 당하면 가장 명백한 믿음마저 흔들리기 시작하는 경우가 드물지 않다. 말하자면 그 모든

정의와 이성이 아무리 훌륭하다 할지라도 그것이 모두 상대방 편을 들고 있다는 추측을 어렴풋하게 하기 시작하는 것이다. 따라서 이해관계가 없는 사람들이 현장에 있으면 동요하는 마음을 얼마간 다잡기 위해 그들에게 도움을 구하게 된다.

"터키," 나는 말했다. "이걸 어떻게 생각하는가? 내가 옳지 않은가?"

"외람된 말씀입니다만, 선생님," 터키가 유순하기 그지없는 어조로 말했다. "선생님이 옳다고 생각합니다."

"니퍼스," 나는 말했다. "자넨 이걸 어떻게 생각하는가?"

"저녀석을 사무실 밖으로 내쫓아야 한다고 생각합니다."

(이 대목에서 눈치빠른 독자는 오전이기 때문에 터키의 대답은 공손하고 차분한 어조로 표현된 반면 니퍼스는 성마른 어조로 대답하고 있음을 알아차릴 것이다. 혹은 앞서 나온 문장을 빌려 말하면, 니퍼스의 험악한 심사가 발동 중이고 터키의

그것은 꺼진 상태였다.)

"진저 넛," 아무리 작은 지지표라도 내 편에 올리고 싶어 말했다. "넌 어떻게 생각하니?"

"선생님, 제 생각에 저 아저씨는 살짝 머리가 돈 것 같아요." 진저 넛이 씩 웃으며 대답했다.

"자네 동료들이 하는 말을 들어보라고." 칸막이 쪽으로 고개를 돌리며 내가 말했다. "나와서 자네 의무를 다하란 말이야."

그러나 그는 아무런 대답도 하지 않았다. 나는 아주 난감하여 한동안 깊은 상념에 빠졌다. 하지만 또다시 바쁜 업무가 나를 재촉했다. 나는 다시 이 딜레마에 대한 숙고를 나중에 여가 날 때까지 미루기로 결정했다. 약간 수고스럽기는 했지만 우리는 바틀비 없이 서류 검토작업을 해냈다. 그렇지만 터키가 한두장 넘길 때마다 이런 식의 진행은 완전히 관례에 어긋난다는 의견을 정중하게 비치는 반면 니퍼스는 소화불량으로 인한 신경과민으로 의자에서 몸을 비틀어대고 이따금씩 이를 길면서 칸막이 뒤쪽의 고집불통 멍청이에게 저주의 말을 내뱉었다. 그런데 그(니퍼스)로서는 돈을 받지 않고 다른 사람의 일을 해주기는 이번이 처음이자 마지막이었다.

한편 바틀비는 자기만의 별난 업무 외에 아무것도 안중에 없는 듯 자기 은신처에 들어앉아 있었다.

그 필경사가 또 하나의 긴 서류작업에 몰두한 지 며칠이 지나갔다. 최근 그의 놀랄 만한 행동 때문에 나는 그의 습성을 세밀히 주시하게 되었다. 내가 관찰해보니 그는 나가서 식사하는 일이 한번도 없으며, 사실상 아무 데도 가지 않았다. 나만 모르는지 몰라도 아직까지 그가 사무실 밖에 있는 모습을 본 적이 없었다. 그는 항시 사무실 한구석을 지키는 보초였다. 그러나 오전 열한시경이면 진저 넛이 내가 앉은 곳에서는 보이지 않는 몸짓으로 조용히 거기로 불려가듯 바틀비의 칸막이 입구 쪽으로 다가가곤 하는 것을 나는 눈치챘다. 그런 다음 진저 넛은 몇펜스를 쨍그랑거리며 사무실에서 나가서 한움큼의 생강빵을 들고 다시 나타났는데, 그것을 바틀비의 은신처에 전달하고 수고비조로 빵

두개를 받곤 했다.

그렇다면 녀석은 생강빵을 먹고 사는군 하고
나는 생각했다. 제대로 말하자면 점심식사를 결코
하지 않는다는 것이지. 그렇다면 녀석은 채식주의
자임에 틀림없어. 그렇지만 그것도 아냐, 녀석은
채소조차 일절 먹지 않고 생강빵 말고는 아무것도
먹지 않아. 그러자 내 마음은 오로지 생강빵만 먹
고 사는 것이 인간 체질에 어떤 영향을 미칠까 하
는 공상에 빠져들었다. 생강빵이 생강빵으로 불리
는 까닭은 빵에 그 특이한 구성요소 중의 하나이자
최종적으로 맛을 내는 성분으로 생강이 들어 있기
때문이다. 근데, 생강은 어떤 것이더라? 맵고 향긋
한 것이지. 바틀비가 맵고 향긋한가? 전혀 그렇지
않아. 그렇다면 생강은 바틀비에게 어떤 영향도 끼
치지 않았어. 아마 녀석도 생강이 어떤 영향도 끼
치지 않기를 바랐을 거야.

수동적 저항만큼 성실한 사람을 화나게 하는 것
은 없다. 만약 그런 저항을 당한 사람이 몰인정하
지 않은 기질이고 또 저항하는 사람이 수동성의 면

에서 전혀 악의가 없다면, 그렇다면 전자는 기분이 좋을 때에는 자신의 판단으로는 해결할 수 없다고 판명되는 것을 자신의 상상력으로는 관대하게 해석하려고 애쓸 것이다. 대부분의 경우 정확히 그런 식으로 나는 바틀비와 그의 습성을 주시했다. 불쌍한 녀석! 하고 나는 생각했다. 녀석은 해를 끼칠 뜻은 없어. 오만하게 굴려는 의도는 없는 게 분명해. 녀석의 얼굴을 보면 녀석의 기행이 본의가 아니라는 것이 충분히 드러나지. 녀석은 내게 유용해. 난 녀석과 잘 지낼 수 있어. 만일 녀석을 내쫓는다면 십중팔구 녀석은 나보다 까다로운 고용주한테 걸려들어 거친 대접을 받고 아마 비참하게 쫓겨나 굶어죽게 될 거야. 그래. 여기서 나는 감미로운 자기 긍정을 값싸게 손에 넣을 수 있어. 바틀비와 정답게 지내며 녀석의 기묘한 고집을 너그럽게 봐주더라도 내게는 별다른 비용이 들지 않는 반면 언젠가는 양심의 감미로운 양식이 될 만한 것을 내 영혼에 비축하게 되는 거야. 그러나 내가 변함없이 이런 기분이었던 것은 아니다. 바틀비의 수동성이 가

끔 나를 짜증나게 했다. 나는 그와 새로운 적대관
계로 맞섬으로써 그에게서 내 화에 상응하는 어떤
불같은 화를 촉발시키고 싶은 묘한 충동을 느꼈다.
그러나 사실은 차라리 윈저 비누[9] 조각을 손가락
마디로 쳐서 불을 지피려고 하는 편이 나았을 것이
다. 그러나 어느날 오후 내가 삿된 충동에 사로잡
히는 바람에 다음과 같은 작은 소동이 일어났다.

"바틀비," 내가 말했다. "그 서류를 모두 필사한
다음에 나와 함께 대조해보자고."

"그렇게 안 하고 싶습니다."

"뭐라고? 설마 그런 고집불통의 기행을 끝까지
밀고 나갈 생각은 아니겠지?"

대답이 없었다.

나는 가까운 접문을 밀어서 열고 터키와 니퍼
스를 돌아보며 큰 소리로 외쳤다.

"바틀비가 두번째로 자기 서류를 검토하지 않
겠다고 하는군. 터키, 자네는 이걸 어떻게 생각하

---

9 향료가 든 갈색 또는 백색의 화장비누.

는가?"

그때는 오후였다는 것을 명심해야 한다. 터키
는 놋쇠 보일러처럼 벌겋게 달아오른 채 앉아 있었
다. 그의 벗어진 머리에서는 김이 솟아나고 있었고
덤벙대는 손으로 얼룩진 서류를 만지고 있었다.

"어떻게 생각하느냐고요?" 터키가 으르렁댔다.
"당장 녀석의 칸막이로 들어가 눈이 시퍼렇게 되도
록 패줄 생각이에요!"

그렇게 말하고 터키는 일어서서 양팔을 휘두르
며 권투 자세를 취했다. 그는 자신의 약속을 실행
하려고 서둘러 가려 했고, 나는 점심 이후 터키의
호전성을 경솔하게 자극한 결과에 놀라 그를 붙들
었다.

"터키, 자리에 앉게." 내가 말했다. "그리고 니퍼
스가 뭐라고 하는지 들어보게. 니퍼스, 자네는 어
떻게 생각하는가? 내가 바틀비를 즉시 해고하는
것이 정당하지 않을까?"

"죄송하지만 선생님, 그건 선생님이 결정하실
일입니다. 저는 그의 행위가 상당히 유별나며, 사

실 터키와 저 자신을 고려하면 부당하다고 생각합니다. 하지만 그게 그냥 일시적인 변덕일 수도 있지요."

"아," 하고 나는 소리를 질렀다. "그렇다면 이상하게도 자넨 생각이 바뀌었군. 이제 그에 대해 아주 점잖게 말하는군."

"모두 맥주 탓이죠." 터키가 소리쳤다. "점잖은 것은 맥주의 영향이지요. 니퍼스와 내가 오늘 함께 식사를 했거든요. 선생님, 내가 얼마나 점잖은지 보세요. 내가 가서 녀석의 눈을 갈겨줄까요?"

"지금 바틀비를 두고 하는 말 같은데. 안돼, 터키, 오늘은 안돼." 내가 대답했다. "제발 주먹을 거두게."

나는 문을 닫고 다시 바틀비에게로 갔다. 나는 나 자신의 운명을 재촉하고 싶은 유혹을 한층 더 느꼈다. 다시 반항의 대상이 되기를 애타게 바랐던 것이다. 바틀비가 사무실에서 결코 나간 적이 없다는 사실이 기억났다.

"바틀비," 내가 말했다. "진저 넛이 나가고 없어.

자네가 잠깐 우체국에 들러주겠나? (우체국은 걸어서 삼분 거리밖에 안되었다.) 그래서 나한테 우편물이 와 있는지 알아봐주겠나?"

"그렇게 안 하고 싶습니다."

"안 가겠다는 말인가?"

"안 가고 싶습니다."

나는 비틀거리며 내 책상으로 돌아왔고 거기 앉아서 깊은 생각에 빠졌다. 맹목적인 고집이 고개를 쳐들었다. 이 말라빠지고 땡전 한푼 없는 놈에게, 내가 고용한 종업원에게 나 자신이 굴욕스럽게 거부당하는 또다른 방법은 없을까? 무엇을 더 시키면 완벽하게 합리적인 일인데도 녀석이 틀림없이 거부할까?

"바틀비!"

대답이 없었다.

"바틀비." 좀더 큰 소리였다.

대답이 없었다.

"바틀비." 나는 포효했다.

세번 주문을 외어 유령을 불러내는 마법에 응

하듯 흡사 유령처럼 바틀비가 자기 은신처의 입구에 나타났다.

"옆방에 가서 니퍼스한테 내가 부른다고 말해줘."

"그렇게 안 하고 싶습니다." 그는 공손히 천천히 말하고는 가만히 사라졌다.

"좋았어, 바틀비." 나는 엄정하고 침착한 어조로 조용히 말함으로써 당장이라도 어떤 끔찍한 보복을 하겠다는 불굴의 의지를 내비쳤다. 그 순간에는 그런 유의 보복을 할 생각이 얼마쯤 있었다. 그러나 저녁 먹을 시간이 가까워짐에 따라 대체로 오늘은 심적인 당혹과 고민으로 상당히 고통을 당했으니 이만 모자를 쓰고 퇴근길에 오르는 것이 최상이라는 생각이 들었다.

인정할 것은 인정해야 하는가? 이 모든 일의 결론은 다음과 같은 것들이 어느새 내 사무실의 기정사실이 되어버렸다는 것이다. 즉 바틀비라는 이름의 창백한 젊은 필경사가 내 사무실에 책상 하나를 갖게 되었다는 것, 그 필경사는 통상 2절지(100

단어)당 4센트의 임금을 받고 나를 위해 필사를 한다는 것, 그러나 그는 자기가 필사한 사본을 검토하는 작업에서는 항상 면제받고 그 의무는 훨씬 더 빈틈없다는 칭찬과 더불어 터키와 니퍼스에게 전가된다는 것, 게다가 앞서 말한 바틀비는 어떤 종류건 아무리 사소한 것이건 심부름은 결코 보낼 수 없다는 것, 설령 그런 일을 맡아달라는 간청을 받더라도 그는 두말할 나위 없이 "그렇게 안 하고 싶"을 것임을, 달리 말하면 단도직입적으로 거절할 것임을 모두들 양해하고 있다는 것이었다.

날이 감에 따라 나는 바틀비와 상당히 화해하게 되었다. 그의 착실함, 전혀 방탕하지 않은 점, 부단한 근면성(그가 칸막이 뒤에서 선 채로 공상에 빠지고 싶어할 때를 제외하고), 깊은 고요함, 어떤 정황에서도 한결같은 태도 등으로 인해 그를 고용한 것은 사무실에 소중한 이득이었다. 가장 중요한 한가지는 이것, 즉 그가 항상 거기에 있다는 것, 아침에 가장 먼저 와 있고 하루종일 자리를 지키며 밤에 마지막까지 남아 있다는 것이었다. 나는 그의 정직성을 각별히 신뢰하고 있었다. 가장 소중한 서류도 그에게 맡기면 지극히 안전하다고 느꼈다. 물론 때로는 아무리 해도 내가 그에게 별안간 발작적으로 화를 내지 않을 수 없었다. 왜냐하면 내 사무실에 머물면서 바틀비가 누리는 무언의 조건이랄수 있는 그 기이한 습성, 특권, 그리고 이제껏 들어보지 못한 예외 들을 항상 명심하기란 대단히 어렵기 때문이었다. 나는 때때로 급한 용무를 신속히 처리하려는 열망에서 무심코 짧고 급한 어조로 바틀비를 소환하곤 했는데, 가령 빨간 끈으로 어떤 서류를 눌러서 묶다가 첫번째 끈 매듭을 손가락으로 눌러달라고 부르는 경우가 그랬다. 물론 칸막이 뒤에서 "그렇게 안 하고 싶습니다"라는 평상시의 대답이 어김없이 나왔다. 그러면 인간 본성이 공유하는 나약함을 지닌 인간인 이상 그렇게 괴팍하고 그렇게 비합리적인 반응에 어찌 호통치지 않을 수 있겠는가. 그러나 내가 당하는 이런 종류의 거절이 매번 누적됨에 따라 무심결에 그런 행동을 반복할 확률은 대체로 줄어들 수밖에 없었다.

여기서 미리 말해둘 것은, 사람들이 빽빽하게 들어찬 법무 건물들에 사무실을 두고 있는 대다수 법조계 사람들의 관례에 따라 내 사무실에도 열쇠가 여러개 있었다는 것이다. 하나는 내 방의 먼지를 매일 떨고 쓸며 매주 걸레로 닦는 다락방 아줌마가 갖고 있었다. 또 하나는 편의상 터키가 갖고 있었다. 세번째 열쇠는 때때로 내가 주머니에 넣고 다녔다. 네번째 것은 누가 갖고 있는지 나도 몰랐다.

그런데 어느 일요일 아침 나는 유명한 전도사의 설교를 들으러 트리니티 교회[10]에 가게 되었고 그곳에 도착해보니 꽤 일러서 사무실에 잠시 들를까 하는 생각이 났다. 다행히 열쇠를 갖고 있었으나, 막상 자물쇠에 꽂아 넣으니 열쇠가 안쪽에서 끼워놓은 뭔가에 걸려 들어가지 않는다는 것을 알았다. 깜짝 놀라서 내가 소리치자 황당하게도 안쪽에서 열쇠가 돌아가더니 그 야윈 면상을 내게 들이

10　뉴욕 맨해튼 남쪽의 월가와 브로드웨이 교차로에 위치한 유서 깊은 교회.

밀고 조금 열린 문을 붙잡은 채 바틀비가 유령처럼 나타났다. 그는 셔츠 바람에 이상한 누더기 같은 속옷 차림이었는데 미안하지만 지금은 자기가 어떤 일을 한창 하는 중이라서 당장은 들어오지 않는 것이 좋겠다고 조용히 말했다. 게다가 내가 어쩌면 그 구역을 두세차례 돌아보는 것이 낫겠으며 그때쯤에는 자기가 용무를 끝냈을 것이라고 한두마디 간단히 덧붙였다.

그런데 일요일 아침 내 변호사 사무실에 살고 있는 바틀비의 예기치 못한 출현과 송장처럼 창백하면서도 신사처럼 태연하며 동시에 확고하고 침착하기까지 한 모습에 너무나 기이한 영향을 받은 나머지 나는 엉겁결에 사무실 문에서 슬금슬금 걸어나와 그의 뜻대로 했다. 그러나 이 불가사의한 필경사의 유순한 뻔뻔스러움에 반발하면서도 어쩌지 못하는 데에 따른 잡다한 고통이 없지는 않았다. 사실, 그의 놀라운 유순함이야말로 나를 무장해제시켰을 뿐 아니라 말하자면 내 사내다움마저 앗아간 주된 요인이었다. 왜냐하면 자신이 고용한 직원에게 지시를 받고 자신의 사무실에서 나가라는 명령을 받는 경우를 당하는 사람은 그러는 동안 사내다움을 잃은 것이나 마찬가지라고 생각하기 때문이다. 게다가 나는 바틀비가 셔츠 바람으로, 셔츠 말고는 아무것도 입지 않은 상태로 일요일 아침에 내 사무실에서 도대체 무슨 짓을 하고 있었는지 꺼림칙하기 그지없었다. 뭔가 잘못된 일이 일어나고 있는가? 아냐, 그것은 불가능해. 바틀비가 부도덕한 인물이라고는 한순간도 생각할 수 없어. 하지만 녀석이 거기서 대체 무슨 일을 하고 있었을까? ─ 필사를 하고 있었을까? 그것도 아냐, 바틀비의 기행이 어떠하든 녀석은 두드러지게 단정한 사람이거든. 알몸에 가까운 상태로 책상에 앉아 있을 사람이 결코 아니지. 게다가 오늘은 일요일인데, 바틀비가 세속적인 일로 안식일 예법을 어길 거라는 생각은 도저히 할 수 없어.

그럼에도 불구하고 내 마음은 진정되지 않았고, 들뜬 호기심으로 가득 찬 채 드디어 사무실로 돌아갔다. 아무런 방해도 받지 않고 나는 열쇠

를 꽂고 문을 열고 들어갔다. 바틀비는 보이지 않
았다. 마음을 졸이며 사무실 안을 둘러보고 칸막
이 뒤쪽까지 들여다보았으나 그는 사라진 것이 분
명했다. 사무실 안을 좀더 자세히 살펴보니 언제부
터인지 몰라도 바틀비가 내 사무실에서 먹고 입고
잠을 잤으며, 그것도 접시며 거울이며 침대도 없이
그렇게 했음이 틀림없다는 생각이 들었다. 한쪽 구
석에 있는 낡아빠진 소파의 쿠션에는 야윈 몸을 뉘
었던 흔적이 희미하게 남아 있었다. 책상 아래에는
똘똘 말아놓은 담요 한장이, 텅 빈 난로의 받침대
아래에는 검은 구두약 통과 구둣솔이, 의자 위에
는 비누와 누더기 타월과 함께 양철 대야가, 신문
지 속에는 생강빵 부스러기와 치즈 한조각이 있었
다. 그래, 하고 나는 생각했다. 바틀비가 이곳을 집
으로 삼아 혼자서 독신생활을 해온 것이 분명하구
나. 그러자 즉각 바틀비의 의지가없는 비참한 외
로움이 여기서 드러나는구나 하는 생각이 스쳤다.
그의 가난도 가난이지만, 그의 고독은 얼마나 끔찍
한가! 생각해보라. 일요일이면 월가는 페트라[11]처

럼 인적이 끊기고, 매일 밤이면 텅 비어버린다. 이 건물 역시 평일에는 일과 활기로 법석대다가 해 질 녘에는 완전히 공허한 울림을 주고 일요일 내내 버려진다. 그런데 바틀비는 여기에 거처를 마련하고 한때 많은 사람들로 붐비던 곳이 쓸쓸해지는 광경을 홀로 지켜보는 것이다. 카르타고의 폐허 속에서 시름에 잠긴 무고한 마리우스[12]의 쇠락한 모습 같다고나 할까!

난생처음으로 가슴을 찌르듯 밀려오는 우수의 감정이 나를 사로잡았다. 이제껏 나는 감미로운 슬픔밖에 경험한 적이 없었다. 하나 지금은 다 같은 인간이라는 유대감이 항거할 수 없는 힘으로 나를 어두운 우수로 끌어들였다. 형제애의 우수! 나나 바틀비나 다 같은 아담의 후예가 아닌가. 나는 그날 내가 보았던 화사한 비단옷의 생기찬 얼굴들을

11 요르단에 있던 고대 도시로 한때 부유했으나 곧 쇠퇴하여 멸망했다.
12 Gaius Marius(BC 157~BC 86). 로마의 장군이자 정치가로서 일곱차례나 집정관을 역임했으나 만년에는 정쟁에서 패해 아프리카로 피신하는 처량한 신세가 되었다.

기억했다. 나들이옷을 화려하게 차려입고 미시시피강 같은 브로드웨이를 백조처럼 미끄러지듯 나아가는 그들을 나는 그 창백한 필경사와 대조했다. 우리는 세상이 명랑하다고 여기지만 불행은 멀찌감치 숨어 있어서 우리가 불행이 없다고 여길 뿐이다. 이런 슬픈 공상들—분명 병들고 어리석은 두뇌가 낳은 망상들—은 바틀비의 기행과 관련된 좀더 특별한 다른 생각들로 이어졌다. 이상한 발견의 예감이 내 주위에 감돌았다. 내게 그 필경사의 창백한 형체는 낯선 자들이 무심히 지켜보는 가운데 떨리는 수의에 감긴 채 입관할 준비가 되어 있는 듯했다.

문득 내 주목을 끈 것은 자물쇠에 보란 듯이 열쇠가 꽂혀 있는 바틀비의 닫힌 책상이었다.

내가 무슨 나쁜 생각을 품은 것도 비정하게 호기심을 충족하려는 것도 아니야, 게다가 그 책상은 내 것이고 내용물 또한 내 것이니 난 과감하게 안을 들여다볼 거야,라고 나는 생각했다. 모든 것이 체계적으로 정리되어 있고 서류들도 가지런히 정돈되어 있었다. 정리용 분류함들은 속이 깊어서 나는 서류철을 꺼내고 깊숙한 곳까지 더듬어보았다. 곧 거기에 뭔가 손에 잡히는 것이 있어서 끄집어냈다. 그것은 홀치기염색을 한 낡고 큰 손수건으로, 묵직한데다 매듭으로 묶여 있었다. 그 매듭을 풀고 보니 저금통이었다.

그간 내가 바틀비에게서 눈여겨본 그 모든 눈에 띄지 않는 수수께끼를 이제 떠올려보았다. 그는 대답할 때 말고는 절대 말을 하지 않았다는 것, 때때로 혼자만의 시간이 상당히 있는데도 독서하는—아니 심지어 신문을 읽는—모습을 본 적이 없다는 것, 오랜 시간 동안 칸막이 뒤쪽의 어슴푸레한 창가에 서서 막다른 벽돌벽을 내다보곤 했다는 것을 기억했다. 나는 그가 크든 작든 식당을 찾아간 적이 없음을 확인했으며 창백한 얼굴로 보건대 터키처럼 맥주를 마시거나 혹은 다른 사람들처럼 차나 심지어 커피를 마신 적도 결코 없음이 분명했다. 내가 알기로는 특별히 어떤 곳에 간 적도, 정말이지 지금 같은 경우를 제외하면 산책 한번 간

적도 없으며, 자기가 누구인지 어디서 왔는지 세상에 친척이 있는지 없는지 말하기를 거부했으며, 그토록 야위고 창백하지만 건강이 나쁘다고 불평한 적이 없다는 것도 분명했다. 그리고 무엇보다 그에게는 무의식적이지만 어떤 창백한—어떻게 말해야 할까?—창백한 도도함이랄까 아니 준엄한 과묵함의 분위기가 있음을 기억했다. 확실히 그런 분위기에 눌려서 나는 그의 기행을 얌전히 받아들이는 한편 그가 오랫동안 계속 꿈쩍 않는 것으로 봐서 칸막이 뒤에 선 채 틀림없이 면벽 공상에 빠져 있는데도 아무리 자질구레한 일이라도 그에게 부탁하기를 두려워했던 것이다.

이런 모든 사안을 곰곰 되새기고 그것을 그가 내 사무실을 자신의 변함없는 거처이자 집으로 삼고 있었다는 조금 전에 발견한 사실과 결합하면서 그의 병적인 우울증까지 염두에 두자, 요컨대 이 모든 사안에 두루 생각이 미치자 내게 슬그머니 신중해야겠다는 느낌이 들기 시작했다. 나의 첫번째 감정은 순수한 우울과 진지하기 그지없는 연민의

감정이었다. 그러나 내 상상 속에서 바틀비의 절망
적인 고독이 커지면 커질수록 그에 비례하여 바로
그 우울감이 공포로, 연민이 반발로 바뀌었다. 비
참한 모습을 생각하거나 보면 어느 정도까지는 최
상의 애정이 우러나오지만, 특별한 경우 그 정도를
넘어서면 그렇지 않다는 것이 과연 사실이며, 너무
섬뜩한 사실이기도 하다. 이런 일이란 어김없이 인
간 마음의 타고난 이기심에서 기인한다고 주장하
는 사람은 잘못된 것이다. 이는 차라리 과도한 기
질적 질환은 치유할 수 없다는 절망감에서 나오는
것이다. 감수성이 예민한 존재에게 연민은 고통이
아닌 경우가 드물다. 그런데 그런 연민으로는 효과
적인 구원에 이를 수 없다는 지각이 마침내 생기면
상식에 따라 영혼은 연민을 버릴 수밖에 없다. 그
날 아침 목격한 것으로 말미암아 나는 그 필경사가
선천적인 불치병의 희생자라는 것을 납득하게 되
었다. 내가 그의 육신에 자선을 베풀 수는 있다. 그
러나 그를 아프게 하는 것은 그의 육신이 아니다.
아픔을 겪는 것은 그의 영혼인데, 그 영혼에는 내

손이 미치지 않는다.

나는 그날 아침 트리니티 교회에 가려는 뜻을 이루지 못했다. 왠지 몰라도 내가 본 것으로 말미암아 나는 당분간 교회에 갈 자격을 상실한 것 같았다. 나는 집을 향해 걸어가면서 바틀비를 어떻게 할지 생각했다. 마침내 나는 이런 결심을 했다. 다음 날 아침 그에게 이력과 기타사항에 대해 몇가지 질문을 차분하게 할 것이며, 그가 그 질문에 대답하기를 공개적이고 거리낌없이 거절한다면(그는 '그렇게 안 하고 싶다'고 할 것 같은데), 그렇다면 얼마가 되건 내가 그에게 주어야 할 급료에다 20달러짜리 지폐 한장을 더 얹어주면서 그의 근무는 이제 필요치 않노라고, 하지만 다른 어떤 방식으로든 그를 도울 수 있다면 즐거이 그렇게 하겠노라고, 특히 그의 고향이 어디든 그곳으로 돌아가기를 바란다면 기꺼이 여비를 부담하겠노라고 말할 것이다. 게다가 집에 도착한 후에도 언제라도 도움이 필요할 경우에 편지를 하면 틀림없이 답장을 하겠노라고 할 것이다.

다음 날 아침이 왔다.

"바틀비." 칸막이 뒤쪽의 그를 부드럽게 부르며 내가 말했다.

대답이 없었다.

"바틀비," 내가 좀더 부드러운 어조로 말했다. "이리 와. 자네가 안 하고 싶은 일을 해달라고 부탁하지는 않을 테니 ── 그냥 자네한테 이야기하고 싶어."

이 말에 그는 아무 소리 없이 슬며시 모습을 드러냈다.

"바틀비, 자네가 어디서 태어났는지 말해주겠어?"

"그렇게 안 하고 싶습니다."

"무엇이든 자네 자신에 대해 말해주겠어?"

"그렇게 안 하고 싶습니다."

"하지만 내게 말하는 것을 거부할 무슨 합당한 이유라도 있어? 나는 자네한테 친근감을 느끼는데."

그는 내가 말하는 동안 나를 바라보지 않고 내

가 앉아 있던 곳 바로 뒤 내 머리 위 15센티미터쯤에 있는 키케로 흉상에 계속 눈길을 맞추고 있었다.

"바틀비, 자네 대답은 무엇인가?" 상당한 시간 동안 대답을 기다린 후에 내가 말했다. 그러는 동안 그 가늘고 하얀 입이 아주 어렴풋이 떨렸을 뿐 바틀비의 표정은 동요하지 않았다.

"지금은 대답 안 하고 싶습니다" 하고 말하고는 그가 자기 은신처로 물러갔다.

고백하건대 내 마음이 상당히 약한 탓이어서겠지만 나는 이번 경우 그의 태도에 화가 났다. 그 태도 속에 일종의 차분한 경멸이 도사리고 있는 듯했을 뿐 아니라 그가 내게서 받은 부인할 수 없이 좋은 대우와 관대함을 고려하면 그의 괴팍한 외고집은 배은망덕한 것 같았다.

다시금 나는 어찌해야 할지 되새기면서 앉아 있었다. 바틀비의 행동에 모멸감을 느꼈고 그를 해고하기로 이미 결심하고서 사무실에 들어섰지만, 그럼에도 묘하게 뭔가 미신적인 것이 심장을 두드려 나로 하여금 그 결심을 실행하지 못하게 막고,

만약 내가 세상에서 가장 고독한 이 사람에게 감히 쓰라린 말을 한마디만 벙긋하면 나를 나쁜 놈이라고 비난할 듯한 느낌이 들었다. 마침내 그의 칸막이 뒤쪽으로 내 의자를 친근하게 끌어다 앉으면서 나는 이렇게 말했다. "바틀비, 그렇다면 자네 이력을 밝히는 건 신경쓰지 말게. 하지만 친구로서 간청하건대 가능한 한 이 사무실의 관례에 따라주길 바라. 내일이나 모레나 서류 검토를 돕겠다고 지금 말해줘. 간단히 말해서 하루이틀 후에는 자네가 좀 합리적으로 될 거라고 지금 말해줘. 그렇게 하겠다고 해줘, 바틀비."

"현재로선 좀 합리적으로 안되고 싶습니다"라는 것이 송장처럼 창백한 그의 답변이었다.

바로 그때 접문이 열리더니 니퍼스가 다가왔다. 그는 보통때보다 심한 소화불량으로 유별나게 밤잠을 설친 탓에 고통스러운 듯했다. 그는 바틀비의 마지막 말을 엿들은 것이다.

"뭐, 안 하고 싶다고?" 니퍼스가 이를 갈아대듯 말했다. "제가 선생님이라면 녀석이 **하고 싶도록** 만들겠어요." 그가 나에게 말했다. "저는 녀석이 하고 싶게 만들 테고, 하고 싶은 것을 주겠어요. 고집불통의 나귀 같은 녀석! 선생님, 이번에 녀석이 안 하고 싶은 건 대체 뭔가요?"

바틀비는 손 하나 꿈적하지 않았다.

"니퍼스 씨," 내가 말했다. "당신은 당분간 물러나 있었으면 싶어."

어찌된 일인지 최근에 나는 이 '싶다'라는 단어를 딱히 적절하지 않은 온갖 경우에도 무심결에 사용하는 습성을 갖게 되었다. 그래서 바틀비와 접촉함으로써 내가 정신적인 면에서 이미 심각한 영향을 받았다는 생각이 들어 몸이 떨렸다. 그런데 이보다 더 심각한 어떤 이상증세가 나타날 수 있지 않을까? 이런 우려는 나로 하여금 즉결조치를 취하도록 결정하는 효과가 없지 않았다.

니퍼스가 아주 심술궂고 부루퉁한 표정으로 나가자 터키가 온화하고 공손하게 다가왔다.

"외람된 말씀입니다만 선생님," 그가 말했다. "어제 내가 여기 바틀비 생각을 해봤는데요, 만약 그가 매일 좋은 맥주 1리터 정도만 마시고 싶어하기만 하면 버릇을 고쳐서 자기 서류 검토작업에 참여할 수 있도록 하는 데 상당한 도움이 될 겁니다."

"자네 역시 그 단어에 전염되었군." 내가 약간 흥분하여 말했다.

"외람된 말씀입니다만 선생님, 무슨 단어 말씀입니까?" 하고 터키가 물으면서 칸막이 뒤의 좁아터진 공간으로 공손히 밀고 들어왔고 그 바람에 나는 바틀비를 떠미는 꼴이 되었다. "무슨 단어 말씀입니까, 선생님?"

"여기에 혼자 있고 싶습니다." 자신의 사적인 공간에 그렇게 사람들이 몰려드는 데 기분이 상한 듯 바틀비가 말했다.

"터키, 저게 그 단어야." 내가 말했다. "바로 저거라고."

"아, '싫다'라는 단어? 아 맞아요 ─ 이상한 단어지요. 나 자신은 그 단어를 결코 사용하지 않습니다. 하지만 선생님, 말씀드렸듯이 만약 그가 마시고 싶어하기만 한다면 ─"

"터키," 내가 말을 끊었다. "자넨 제발 물러나게."

"내가 물러났으면 싶으시다면, 아 물론이죠, 선생님."

터키가 물러나기 위해 접문을 열었을 때 니퍼스가 자기 책상에서 나를 흘깃 쳐다보고는 내가 어떤 서류를 푸른 종이와 하얀 종이 중 어느 쪽에 필사했으면 싶은지 물었다. 그는 '싶다'라는 단어를 조금도 짓궂은 억양으로 말한 것은 아니었다. 이 단어가 그의 입에서 무심결에 나온 것이 분명했다. 나는 속으로 나 자신과 직원들의 머리는 아닐지라도 입을 이미 상당 정도 변질시킨 이 미친 사람을 확실히 제거해야겠다고 생각했다. 그러나 즉시 해고를 공표하지 않는 것이 신중하다고 생각했다.

다음 날 나는 바틀비가 면벽 공상에 잠긴 채 그냥 창가에 서 있을 뿐임을 알아차렸다. 왜 필사를 하지 않느냐고 묻자 그는 더이상 필사를 하지 않기로 결심했다고 말했다.

"아니, 이번에는 왜? 다음에는 어떡할 건데?" 나

는 소리를 질렀다. "더이상 필사를 안 한다고?"

"더이상 안 합니다."

"그런데 이유가 뭐야?"

"알려주지 않으면 그 이유를 모르시겠어요?" 그가 무관심하게 대답했다.

나는 단호하게 그를 쳐다보았고 그의 눈이 흐리멍덩해 보이는 것을 알아차렸다. 그가 나한테 고용된 뒤 처음 몇주 동안 어두운 창가에서 전례없이 부지런하게 필사를 하느라고 눈이 일시적으로 상했으리라는 생각이 즉각 떠올랐다.

속이 짠했다. 나는 그에게 뭔가 위로의 말을 했다. 한동안 필사를 그만두는 것은 물론 현명한 행동임을 암시하면서 나는 그에게 이 기회에 야외로 나가 건강에 좋은 운동을 해보라고 권했다. 그러나 그는 그렇게 하지 않았다. 이로부터 며칠 후 다른 직원들도 없는데 편지 몇통을 급히 부치려고 서둘러대던 나는 바틀비가 다른 할일이 하나도 없으므로 평소보다는 고분고분해져서 편지를 부치러 우체국에 가리라는 생각이 들었다. 그러나 그는 딱

잘라서 거절했다. 그래서 매우 불편하게도 내가 직접 갔다.

또 며칠이 지나갔다. 바틀비의 눈이 나아졌는지 어떤지 나는 알 수 없었다. 외관상 어느 모로 보나 나아진 것 같았다. 그러나 나아졌는지 묻자 그는 아무런 대답도 해주지 않았다. 어쨌거나 그는 더이상 필사를 하지 않으려고 했다. 나의 끈질긴 질문에 대한 응답으로 마침내 그는 필사를 영원히 그만두었음을 알려주었다.

"뭐라고!" 내가 소리쳤다. "자네 눈이 완치되면—전에 없이 좋아지면—그때도 필사를 하지 않을 건가?"

"필사를 포기했어요" 하고 대답하고는 그는 슬그머니 옆으로 빠졌다.

그는 여느 때처럼 내 사무실의 붙박이 같은 존재로 남아 있었다. 아니—그게 가능하다면—그는 전보다 더욱더 붙박이가 되었다. 이 일을 어떻게 해야 하는가? 사무실에서 아무 일도 하지 않으려 하는데 그가 왜 거기 남아 있어야 하는가? 그는 이제 목걸이로 사용할 수 없는 것은 물론 젊어지자니 괴로운 연자맷돌[13] 같은 존재가 되어버린 것이 분명했다. 그러나 나는 그가 딱했다. 그 때문에 이따금 내가 거북해졌다고 말한다면 그것은 전적으로 진실은 아니다. 그가 친척이나 친구 이름을 하나라도 댔다면 나는 그 사람에게 당장 편지를 써서 이 불쌍한 친구를 어디든 편한 은신처로 데려가달라고 신신당부했을 것이다. 그러나 그는 혼자인 듯, 온 우주에서 완전히 혼자인 듯했다. 대서양 한가운데 떠 있는 난파선의 잔해 조각이랄까. 하지만 결국에는 내 업무와 관련된 필요사항이 다른 모든 고려사항보다 더 시급했다. 나는 될 수 있는 대로 점잖게 바틀비에게 6일 내에 무조건 사무실을 떠나야 한다고 말했다. 나는 그에게 그사이에 다른 거처를 구하는 조치를 취해야 한다고 경고했다. 그쪽에서 이사갈 채비를 시작하면 내가 다른 거처를 구하는 일을 돕겠다고도 제안했다. "그리고 바틀

---

13 「마태복음」 18장 6절을 인유한 구절.

비, 자네가 마침내 나를 떠날 때 완전히 빈털터리로 가게 하지는 않겠네. 이 시간부터 6일 이내라는 것을 명심하게"라고 덧붙였다.

그 기간이 만료되어 내가 칸막이 뒤를 들여다보니, 이런! 바틀비가 거기 있었다.

나는 외투 단추를 꼭 잠그고 몸의 균형을 잡고 천천히 다가가서 그의 어깨를 건드리고는 이렇게 말했다. "시간이 됐어. 자네는 이곳을 떠나야 해. 딱하긴 하네만, 여기 돈이 있어. 하지만 자넨 가야 해."

"그렇게 안 하고 싶습니다." 그가 여전히 내게 등을 돌린 채 대답했다.

"자넨 가야 한다니까."

그는 더이상 말이 없었다.

그당시 나는 이 사람이 늘 보여주는 정직성에 무한한 신뢰를 갖고 있었다. 그는 부주의하게 바닥에 떨어뜨린 6페니나 1실링짜리를 내게 자주 돌려주었다. 나는 그런 푼돈의 문제에서는 매우 칠칠치 못한 경향이 있기 때문이다. 그렇기에 그다음에 나온 조처는 터무니없게 여길 일이 아니다.

"바틀비," 내가 말했다. "내가 자네한테 지불할 급료가 12달러인데, 여기 32달러가 있네. 여분의 20달러는 자네 것이야. 이거 받을 텐가?" 하고 나는 그를 향해 지폐를 건넸다.

그러나 그는 어떤 움직임도 보이지 않았다.

"그럼 돈은 여기에다 놓아둘게" 하고 돈을 책상 위에 놓고 문진으로 눌러두었다. 그런 다음 모자와 지팡이를 가지고 문으로 간 나는 차분하게 돌아서서 이렇게 덧붙였다. "바틀비, 이 사무실에서 자네 물건을 옮긴 다음에 자네는 물론 문을 잠가야 하겠지—자네 외에 모든 사람이 그때는 퇴근했을 테니까—그런데 미안하지만 자네 열쇠를 문 앞의 깔개 아래에 살짝 넣어놓으면 내가 아침에 찾을 수 있겠어. 난 다시는 자네를 보지 못할 거야. 그러니 잘 가게. 이제부터 자네의 새 거처에서 내가 자네에게 도움이 될 수 있다면 편지로 꼭 알려주게. 바틀비, 안녕, 잘 가게."

그러나 그는 한마디도 대답하지 않았다. 어떤

폐허가 된 사원의 마지막 기둥처럼 그는 그가 아니라면 텅 비었을 방의 한복판에 말없이 고독하게 서 있었다.

생각에 잠겨 집으로 걸어가다보니 내 속의 허영심이 동정심을 눌렀다. 바틀비를 제거하는 나 자신의 고수다운 처리솜씨를 무척 대견하게 생각하지 않을 수 없었다. 나는 그걸 고수답다고 일컫는데, 냉정한 사유를 하는 사람에게는 그렇게 보일 수밖에 없다. 내 일처리 방식의 미덕은 그 완벽한 조용함에 있는 듯했다. 천박하게 윽박지른다든지 어떤 식이든 허세를 부린다든지 성질내고 소리지르며 사무실 안을 왔다갔다하면서 바틀비에게 거지 같은 짐을 싸가지고 당장 나가라며 격한 명령을 마구 내뱉는 일은 없었다. 그런 종류의 일은 전혀 없었다. 바틀비에게 큰 소리로 떠나라고 명령하지 않고 — 하수라면 그랬을 테지만 — 나는 그가 떠나야 하는 근거를 가정했고 그 가정 위에 내가 할 말들을 모두 구축했다. 내 일처리 방식에 대해 생각하면 할수록 스스로 더욱 매료되었다. 그럼에도 불구하고 다음날 아침 깨어나자마자 나는 의심이 들었다. 아무래도 잠자는 사이에 허영의 기운이 빠져버린 것이다. 사람이 가장 냉정하고 현명해지는 시간 중 하나는 아침에 깨어난 직후이다. 내 일처리 방식은 변함없이 현명해 보였으나 오로지 이론상으로만 그랬다. 그것이 실제로는 어떤 것으로 판명될 것인가, 그것이 문제였다. 바틀비가 떠날 것이라는 가정은 참으로 절묘한 생각이었지만, 따지고 보면 그 가정은 나의 가정일 뿐 바틀비의 가정은 전혀 아니었다. 중요한 점은 그가 나를 떠날 것이라고 내가 가정했느냐 아니냐가 아니라 그가 그렇게 하고 싶으냐 아니냐의 문제였다. 그는 가정대로 하기보다 하고 싶은 것을 하는 사람인 것이다.

아침식사를 한 후 내 가정이 맞거나 틀릴 확률을 따지면서 나는 시내로 걸어갔다. 한순간에는 내 가정이 참담한 실패로 판명되고 바틀비가 보통때처럼 사무실에 건재해 있을 것이라는 생각이 들었다가 다음 순간 그의 의자가 틀림없이 비어 있을 것 같았다. 그런 식으로 내 생각은 수시로 바뀌었다. 브로드웨이와 커널가가 만나는 모퉁이에서 나는 많은 사람들이 떼지어 서서 상당히 흥분한 상태로 열띤 대화를 나누고 있는 것을 보았다.

"그가 안 그런다는 쪽에 내기를 걸겠어." 내가 지나가자 누군가의 목소리가 들렸다.

"안 가는 쪽이라고? ─좋아!" 내가 말했다. "돈을 거시오."

나는 돈을 꺼내려고 본능적으로 호주머니에 손을 넣으려다가 오늘이 선거일이라는 것이 기억났다. 내가 엿들은 말은 바틀비와는 아무런 관련이 없고 시장에 출마한 어떤 후보가 당선되느냐 낙선되느냐에 관한 것이었다. 긴장된 상태에서 나는 말하자면 브로드웨이 사람 전부가 나처럼 흥분해서 나와 똑같은 문제로 갑론을박하고 있는 줄로 상상한 것이다. 거리의 소동 덕분에 순간적으로 얼빠진 내 상태가 은폐된 것에 매우 감사하며 나는 가던 길을 갔다.

의도한 대로 나는 평소보다 일찍 사무실 문 앞에 도착했다. 한동안 귀를 기울이고 서 있었다. 사방이 고요했다. 그가 가버린 것이 분명했다. 나는 손잡이를 돌려보았다. 문은 잠겨 있었다. 그래, 내 일처리 방식이 마법처럼 효력을 발휘한 거야. 녀석이 정말로 사라진 것이 틀림없어. 그러나 뭔가 우울한 기분이 섞여들어왔다. 나의 빛나는 성공이 유감스러울 지경이었다. 바틀비가 나를 위해 남겨두기로 했던 열쇠를 찾으려고 문 앞 깔개 아래 손을 넣어 더듬다가 우연히 내 무릎이 문짝에 부딪히는 바람에 마치 사람을 부르는 듯 노크 소리가 났고, 그 응답으로 안에서 누군가의 목소리가 들렸다. "잠깐만요. 지금 일하고 있는 중이에요."

바틀비였다.

나는 벼락을 맞은 느낌이었다. 한순간 나는 오래전 버지니아에서 구름 한점 없는 어느 여름 오후에 번개에 맞아 파이프를 입에 물고 죽은 사람처럼 서 있었다. 활짝 열린 따뜻한 창가에서 그는 죽었고, 그 꿈결 같은 오후에 창밖으로 몸을 구부린 상태 그대로 남아 있다가 누군가가 건드리자 푹 쓰러졌다는 것이다.

"안 갔어!" 한참 만에 내가 중얼거렸다. 그러나 그 불가해한 필경사가 내게 행사하고 내가 아무리 안달해도 완전히 피할 수 없는 불가사의한 권위에 다시 복종하면서, 나는 천천히 계단을 내려와 거리로 나왔다. 그리고 그 구역 근처를 돌아다니면서 이 금시초문의 황당한 일을 당하여 내가 이제 어떻게 해야 할지 생각했다. 실제로 완력을 행사해서 그 사람을 쫓아낼 수는 없었다. 심한 욕을 해서 그를 몰아내는 방법도 도움이 되지 않을 것이다. 경찰을 불러들이는 것은 유쾌하지 못한 발상이었다. 그렇지만 그가 나에 대해 송장 같은 승리를 누리게 두는 것, 이 또한 나로서는 생각도 할 수 없었다. 어떻게 해야 할까? 아니, 어떤 일도 할 수 없다면 내가 이 문제에서 가정할 수 있는 것이 더 없을까? 그래, 전에 내가 미래를 내다보며 바틀비가 떠날 거라고 가정했듯이 이제 과거를 돌아보며 그가 이미 떠났다고 가정할 수 있지 않을까. 이 가정을 정당하게 실행하는 일환으로 황급히 사무실에 뛰어들어가, 바틀비가 마치 공기인 것처럼 전혀 보이지 않는 척하면서 그를 향해 똑바로 걸어가는 거야. 그런 식으로 처리하는 것이야말로 단연 정곡을 찌르는 듯했다. 바틀비도 이런 식으로 가정의 원칙을 적용당하면 견디기 힘들 것이다. 그러나 다시 생각해보니 이 계획이 성공할지 상당히 의심스러웠다. 나는 다시 한번 그를 상대로 철저히 문제를 따지기로 결심했다.

"바틀비," 사무실로 들어서며 나는 조용하고도 심각한 표정으로 말했다. "나는 심히 불쾌해. 바틀비, 내 마음이 아프다고. 자네를 훨씬 좋게 보았는데. 자네가 신사다운 됨됨이를 지니고 있어서 어떤 미묘한 곤경에 처해 있어도 약간의 암시면, 간단히 말해서 하나의 가정이면 족할 거라고 생각했었어. 그러나 내가 잘못 본 것 같아. 아니," 나는 진정으로 놀라면서 내가 전날 저녁에 놓아둔 바로 그 자리에 있는 돈을 가리키며 "아직 돈에 손도 대지 않았군"이라고 덧붙였다.

그는 아무 대답도 하지 않았다.

"나를 떠날 건가 안 떠날 건가?" 나는 불끈 화를

내면서 그에게 바싹 다가가서 다그쳤다.

"당신을 안 떠나고 싶습니다." 그가 '안'이라는 단어에 부드러운 강세를 넣으며 대답했다.

"도대체 자네가 무슨 권리로 여기 머물겠다는 건가? 집세라도 내는가? 세금이라도 내는가? 아니면 이 사무실이 자네 건가?"

그는 아무 대답도 하지 않았다.

"이제 필사할 각오가 된 건가? 눈은 나았어? 오늘 아침에 간단한 서류 하나를 필사해주겠나? 아니면 몇구절 대조 검토하는 걸 돕겠어? 아니면 우체국에 잠깐 다녀오겠어? 한마디로 이 사무실을 떠나지 않겠다는 자네의 거절에 그럴듯한 구실이 될 만한 어떤 일이라도 하겠어?"

그는 말없이 자기 은신처로 물러났다.

나는 그때 너무 분해서 신경이 곤두선 상태라서 당장에는 더이상의 감정 표현을 자제하는 편이 현명하다고 생각했다. 바틀비와 나 둘밖에 없었다. 나는 불운한 애덤스와 그보다 더 불운한 콜트가 단 둘이 콜트의 한적한 사무실에 있을 때 일어난 비극이 기억났다.[14] 불쌍한 콜트가 애덤스 때문에 몹시 화가 나서 경솔하게도 걷잡을 수 없이 흥분하는 바람에 뜻밖에 치명적인 행위 ─ 분명히 누구보다도 행위자 자신이 가장 개탄했을 행위 ─ 로 치닫고 만 사건의 전말이 떠올랐다. 그 사건을 음미하면 그 언쟁이 공적인 길거리나 사적인 저택에서 일어났더라면 현실의 비극처럼 종결되지 않았을 것이라는 생각이 종종 들었다. 인간적인 분위기의 가정적 이미지를 전혀 찾아볼 수 없는 어떤 건물 위층의 외딴 사무실 ─ 분명 카펫이 깔리지 않아 먼지투성이이고 삭막한 외양의 사무실 ─ 에 둘만 있는 정황, 이것이야말로 불운한 콜트의 무모한 화를 돋우는 데 크게 일조한 요소가 틀림없었다.

그러나 아담처럼 원초적인 이 노여움이라는 놈이 내 속에서 솟아올라 바틀비와 관련하여 나를 유혹할 때 나는 그놈을 꽉 붙잡아 내동댕이쳤다. 어떻게 그랬느냐고? 글쎄, 그냥 신성한 금지명령, 즉

14 1841년 뉴욕에서 인쇄업자 새뮤얼 애덤스가 회계사 존 C. 콜트에게 살해당한 사건을 언급하는 대목.

"내가 너희에게 새 계명을 주노니, 너희는 서로를 사랑하라"[15]라는 구절을 상기했을 뿐이다. 그래, 바로 이것이 나를 구한 것이다. 고매한 사상이라는 점을 접어두더라도 자선은 종종 대단히 현명하고 신중한 원리로 작동하며, 자선을 베푸는 사람에게 근사한 안전장치가 된다. 사람들은 질투 때문에 살인죄를 범해왔다. 또 노여움 때문에, 증오 때문에, 이기심 때문에, 교만한 마음 때문에도 범해왔다. 하지만 다정한 자선 때문에 악마의 소행인 살인을 저질렀다는 말은 이제껏 들어보지 못했다. 그렇다면 다른 고상한 동기를 거론할 것도 없이, 단순히 자기이익을 위해서라도 모든 사람은, 특히 성을 잘 내는 사람은 자선과 박애를 행할 만하다. 어쨌거나 지금 이 문제의 경우에 나는 바틀비의 행위를 호의적으로 해석함으로써 그 필경사에 대한 나의 격앙된 감정을 가라앉히려고 애썼다. 불쌍한 녀석, 불쌍한 녀석! 하고 나는 생각했다. 녀석에게 어떤 의

---

15 「요한복음」 13장 34절 예수가 제자들에게 한 말씀.

도가 있는 것은 아니며, 게다가 녀석은 어려운 시절을 겪었으니 잘 대해줘야지.

나는 또한 즉각 일에 몰두하는 동시에 낙담한 내 마음을 위로하려고 노력했다. 나는 아침나절 동안 바틀비가 자기 마음이 내키는 때에 자발적으로 자기 은신처에서 나와 문 쪽으로 단호한 행진을 시작하리라는 상상을 애써 해보았다. 그러나 아니었다. 열두시 반이 되자, 터키가 얼굴을 벌겋게 붉히고 잉크병을 뒤엎으며 온통 법석을 떨기 시작했고 니퍼스는 한결 누그러지면서 조용하고 정중해졌고 진저 넛은 점심용 사과를 우적우적 씹어먹었으며, 바틀비는 깊디깊은 면벽 공상에 빠진 채 여전히 자기 창가에 서 있었다. 이 사실을 믿어야 할까? 이 사실을 인정해야만 할까? 그날 오후 내가 바틀비에게 더이상 말 한마디 않고 사무실에서 나갔다는 사실 말이다.

이렇게 또 며칠이 지나갔고 그사이에 나는 여가가 날 때 의지에 관한 에드워즈[16]의 저서와 필연성에 관한 프리스틀리[17]의 저서를 조금 들여다보았다. 그때의 정황에서 그 책들은 유익한 감정을 유발했다. 나는 차츰 바틀비와 관련된 이런 고생이 영겁 전에 모두 예정되어 있었으며 바틀비는 나 같은 범부로서는 헤아릴 수 없는 전지全知한 섭리의 어떤 신비한 목적을 위해 내게 할당되었다는 믿음에 빠져들었다. 그래, 바틀비야, 칸막이 뒤에 있어라 하고 나는 생각했다. 다시는 너를 박해하지 않으마. 너는 이 의자들처럼 해가 없고 시끄럽게 굴지도 않아. 요컨대 네가 여기 있다는 것을 알고 있을 때만큼 사적인 느낌이 든 적이 없어. 드디어 나는 내 삶의 예정된 목적을 보고 느끼고 꿰뚫어보고 있어. 나는 만족해. 다른 사람들은 좀더 고상한 역할을 맡을 수도 있겠지만, 바틀비야, 이 세상에서 나의 임무는 네가 머물렀으면 하는 기간만큼 네게 사무실 공간을 제공하는 것이야.

16 Jonathan Edwards(1703~58). 미국 식민지시대 칼뱅주의 신학자이며 대각성운동의 지도자로 자유의지에 관한 저서를 출간했다.
17 Joseph Priestley(1733~1804). 영국의 자연철학자이자 비국교도 성직자로서 인간의 자유의지를 부정했다.

만약 내 사무실을 방문한 법조계 친구들이 청하지도 않은 무자비한 논평을 내게 마구 해대지 않았더라면 이런 현명하고 축복받은 마음가짐은 계속되었으리라고 믿는다. 그러나 도량이 좁은 사람들과 끊임없이 마찰하다보면 마침내 좀더 관대한 사람들의 최상의 결심마저 갉아먹히는 일이 종종 일어난다. 다만 그 일을 되새겨보면, 내 사무실에 들어오는 사람들이 영문을 알 수 없는 바틀비의 기이한 면모에 놀라서 그에 관해 어떤 불길한 발언을 불쑥 내뱉고 싶어한다는 것은 분명 이상한 일이 아니었다. 가끔 내게 용무가 있는 법정대리인이 사무실을 방문했다가 그 필경사밖에 없음을 발견하고 그에게서 내 행방에 관해 모종의 정확한 정보를 얻고자 했겠지만, 바틀비는 그의 한가로운 말에 주의를 기울이지 않고 사무실 한가운데 꼼짝 않고 서 있곤 했다. 그래서 그런 자세의 바틀비를 한동안 지켜보고 난 뒤 그 대리인은 찾아왔을 때와 똑같이 아무것도 알아내지 못하고 떠나버리곤 했다.

　또한 중재가 진행 중이라서 사무실이 변호사

와 증인으로 붐비고 업무가 급하게 처리될 때, 거기 참석하여 일에 깊이 몰두한 어떤 법조계 인사가 바틀비에게 전혀 일이 없는 것을 보고는 근처의 자기 (그 법조계 인사의) 사무실에 달려가서 무슨 서류를 가져와달라고 요청하기도 했다. 바틀비는 그런 부탁을 차분하게 거절하면서 전과 똑같이 아무 일도 하지 않고 가만있었을 것이다. 그럴 때 그 법조인이 놀란 눈으로 노려보면서 나를 돌아다보는 것이다. 그러면 내가 무슨 말을 할 수 있겠는가? 법조계 지인들 사이에서 내가 사무실에 두고 있는 이 이상한 인물과 관련하여 놀라는 수군거림이 소문처럼 돌고 있음을 나는 마침내 알게 되었다. 이 때문에 나는 아주 많은 걱정을 했다. 그리고 바틀비가 혹시라도 장수하는 인물로 판명될 경우에까지 생각이 미쳤다. 그럴 경우 그가 내 사무실을 계속 차지하고 내 권위를 부정하며 내 방문객을 당혹하게 만들고 변호사로서의 내 평판을 깎아내리고 사무실 전체에 암울한 분위기를 드리우고 자기 저축으로 끝까지 연명하고 (왜냐하면 그는 분명 하루에 5센트밖에 쓰지 않기 때문에) 그래서 결국 어쩌면 나보다 오래 살아서 영속적 점유권에 의거하여 내 사무실의 소유권을 주장할 것이라는 생각이 들었다. 이런 불길한 예상들이 점점 더 나를 엄습하고 친구들이 내 사무실의 유령 같은 인물에 대해 무자비한 발언을 계속 해댐에 따라 내 속에서 거대한 변화가 일어났다. 나는 내 모든 능력을 동원하여, 이 악몽 같은 참을 수 없는 존재를 영원히 떨쳐버리기로 결심한 것이다.

그러나 이 목적에 맞는 복잡한 계획을 궁리하기 전에 나는 먼저 바틀비에게 완전히 떠나는 것이 합당하다고 그냥 넌지시 일러주었다. 차분하고 진지한 어조로 떠나는 것을 세심하게 숙고해보라고 권했다. 그러나 삼일간 숙고한 뒤 그는 자기의 원래 결심이 변함없음을 내게 알려주었다. 간단히 말해서 그는 아직도 나와 함께 있고 싶다는 것이었다.

어떻게 해야 하나? 나는 이제 외투의 마지막 단추까지 채우며 혼자 중얼거렸다. 어떻게 해야 하나? 어떻게 해야 하나? 양심상 이 사람, 아니 이 유

필경사 바틀비

령을 내가 어떻게 해야 하나? 나는 녀석을 떨쳐내야 하고, 녀석은 가야 한다. 그렇지만 어떻게? 녀석을, 이 불쌍하고 창백하고 수동적인 인간을 차마 밀쳐내지는 못할 노릇이야. 그렇게 무력한 존재를 문밖으로 쫓아낼 순 없잖은가? 그런 잔인함으로 자신의 불명예를 초래할 순 없잖은가? 그래, 나는 그러지 않을 것이며 그럴 수도 없다. 차라리 녀석이 여기서 살다가 죽게 내버려두고, 그런 후에 녀석의 유해를 벽속에 묻어주는 편이 낫다. 그렇다면 어떻게 할 것인가? 아무리 꼬드겨도 녀석은 꼼짝도 않으려고 하는데. 뇌물을 줘봐도 책상의 문진 아래 그대로 남겨두고. 요컨대 녀석은 나한테 들러붙고 싶은 게 틀림없어.

그렇다면 뭔가 가혹하고 비상한 조치를 취해야해. 뭐라고! 그렇다고 경관을 시켜 녀석의 멱살을 잡게 하고, 그 죄없는 창백한 인간을 상스러운 교도소로 보낼 수는 없지 않은가? 그리고 대체 무슨 근거로 그런 짓을 할 수 있단 말인가? 녀석이 부랑자라고? 뭐라고! 꼼짝도 않으려는 녀석이 떠돌이 부랑자라고? 그렇다면 녀석을 부랑자로 취급하려는 까닭은 녀석이 부랑자가 되지 않으려고 하기 때문인 셈이네. 그건 정말 말이 안돼. 명백한 부양수단이 없다는 것, 녀석의 약점은 바로 그것이야. 이것도 틀렸어. 왜냐하면 녀석이 자기 힘으로 벌어먹고 있는 것은 엄연한 사실이며 그것이야말로 부양수단을 소유하고 있음을 보여줄 수 있는, 반박 불가능한 유일한 증거이기 때문이야. 그렇다면 더 이상 할말이 없네. 녀석이 나를 떠나려고 하지 않으니 내가 녀석을 떠날 수밖에 없어. 사무실을 바꾸는 거야. 다른 곳으로 이사를 가고, 만약 새 사무실에서 녀석을 발견하면 그때는 통상적인 불법침입자로 고소하겠다는 뜻을 녀석에게 정식으로 통고하는 거야.

이에 따라서 다음 날 나는 그에게 이렇게 통고했다. "사무실이 시청에서 너무 떨어져 있는 것 같아. 공기도 안 좋고. 간단히 말해서 다음주에 사무실을 옮기려고 하는데 이제는 자네의 서비스가 필요없겠어. 지금 자네한테 이 말을 하는 것은 자네가 다른 일자리를 알아보라고 하는 걸세."

그는 아무런 대답도 하지 않았고, 나도 더이상
의 말은 하지 않았다.

정해진 이삿날에 나는 수레와 인부를 구해서
사무실로 갔다. 가구랄 것이 거의 없었기 때문에
몇시간 내에 모든 짐을 옮겼다. 그러는 동안 줄곧
바틀비는 칸막이 뒤에 서 있었고, 나는 칸막이를
맨 마지막으로 옮기라고 지시했다. 칸막이가 걷혔
다. 칸막이가 마치 거대한 2절판 책처럼 접히고 난
후 그는 헐벗은 빈방에 꼼짝하지 않고 있었다. 입
구에 서서 잠시 그를 지켜보는 동안 내 속의 뭔가
가 나를 질책했다.

나는 손을 호주머니에 넣고 그러고는―그러
고는―마음이 울컥해서 사무실에 다시 들어갔다.

"잘 있게, 바틀비. 나는 가네. 잘 있게. 어쨌든
하느님의 축복이 있기를, 그리고 이거 받게" 하면
서 뭔가를 그의 손에 슬쩍 쥐여주었다. 그러나 그
것은 곧바로 바닥에 떨어졌다. 그리지 ―이런 말
하기 이상하지만―그토록 떨쳐버리기를 갈망했

던 그에게서 나는 억지로 나 자신을 떼어냈다.

새 사무실에 자리를 잡으면서 나는 하루이틀간은 문을 잠그고 다녔고 복도의 발소리에도 깜짝깜짝 놀랐다. 잠시라도 자리를 비웠다가 사무실로 돌아올 때면 문지방에 잠깐 멈춰서서 열쇠를 꽂기 전에 주의깊게 귀기울이곤 했다. 그러나 나의 두려움은 쓸데없는 것이었다. 바틀비는 내 근처에 얼씬도 하지 않았다.

만사가 순조롭게 되어간다고 생각할 즈음, 당황한 듯이 보이는 한 낯선 신사가 나를 찾아와 최근까지 월가 ○○번지에 사무실을 갖고 있던 사람이 아니냐고 물었다.

불길한 예감으로 가득한 채 나는 그렇다고 대답했다.

"그렇다면, 선생님," 하고 변호사로 밝혀진 그 낯선 신사가 말했다. "당신이 거기 남겨둔 사람은 당신 책임입니다. 그 사람은 어떤 필사도 거절하고 어떤 일도 거절하며 그렇게 안 하고 싶다고 할 뿐이고 사무실을 떠나기를 거절하고 있어요."

필경사 바틀비

"선생님, 아주 딱하게 되었군요." 나는 차분한 척했지만 속으로는 떨면서 말했다. "그렇지만 당신이 언급하는 사람은 정말로 나와 아무런 관계도 아니오. 나한테 책임을 물을 수 있는, 내 친척도 아니고 도제도 아니란 말이오."

"도대체 그 사람은 누굽니까?"

"내가 당신한테 그걸 알려줄 형편이 전혀 못되오. 그에 대해 아무것도 알지 못하니까요. 이전에 그를 필경사로 고용한 적은 있지만, 그가 내 일을 안 한 지 꽤 되었소."

"그렇다면 제가 그를 처리하지요 — 안녕히 계세요, 선생님."

며칠이 지났지만 아무런 소식도 들리지 않았다. 나는 그곳에 들러서 불쌍한 바틀비를 만나려는 자비로운 충동을 이따금 느꼈으나 뭔지 모르게 거리끼는 바가 있어서 그러지 못했다.

또 한주가 지나도 아무런 소식이 들리지 않자 나는 지금쯤은 그와 관련된 모든 일이 끝났겠지 하는 생각이 마침내 들었다. 그러나 그 다음 날 출근

하는데 몇몇 사람이 신경이 곤두설 만큼 흥분한 상태로 사무실 앞에서 기다리고 있었다.

"바로 저 사람이야— 이제 오는군." 맨 앞에 있는 사람이 소리쳤는데, 자세히 보니 전에 혼자서 나를 방문한 그 변호사였다.

"선생님, 그 사람을 즉시 데려가셔야겠어요." 그들 중에 뚱뚱한 사람이 내게 다가오며 외쳤는데, 나는 그가 월가 ○○번지의 건물 주인임을 알고 있었다. "내 세입자들인 이 신사분들이 더이상 견딜 수 없답니다. B씨가," 하고 그 변호사를 가리키며 건물 주인이 말했다. "그 사람을 사무실에서 쫓아냈더니 그 사람은 이제 건물 곳곳에 출몰하여 낮에는 계단 난간에 앉아 있다가 밤에는 건물 현관에서 잠을 잔답니다. 모든 사람이 걱정하고 있어요. 사무실을 찾는 고객들이 발길을 돌리고 있고요. 폭도[18]에 대한 두려움도 상당히 퍼져 있어요. 선생님이 뭔가 조치를, 그것도 지체없이 취해주셔야겠어요."

---

18 1849년 5월 뉴욕 애스터 플레이스 시위에 참가한 시위군중을 가리킨다.

이런 빗발치는 말들에 대경실색하여 나는 뒤로 물러났고 새 사무실에 들어가 문을 잠가버리고 싶었다. 바틀비가 어느 누구와도 상관없듯이 나와도 아무런 관계가 없다고 줄기차게 항변했지만 소용이 없었다. 그들은 내가 바틀비와 관련 있었던 것으로 알려진 마지막 사람이라며 나를 심하게 문책했다. 게다가 (그곳에 와 있는 한 사람이 어렴풋이 위협했듯이) 신문에 나올까 두려웠던 나는 그 문제를 숙고했고, 만약 그 변호사가 내게 자기(그 변호사의) 사무실에서 바틀비와 은밀한 면담을 갖도록 주선해준다면 그날 오후 그들이 불평한 그 골칫거리 존재를 그들로부터 떼어내도록 최선을 다하겠노라고 말했다.

예전의 사무실 계단을 올라가니 바틀비가 층계참의 난간에 말없이 앉아 있었다.

"바틀비, 여기서 뭘 하는 거야?" 내가 물었다.

"난간에 앉아 있어요." 그가 유순하게 대답했다.

나는 몸짓으로 그를 그 변호사 사무실로 데리고 들어갔고, 그러자 변호사는 우리를 남겨두고 나갔다.

"바틀비," 내가 말했다. "사무실에서 해고된 뒤 건물 현관을 계속 점유함으로써 자네가 나한테 크나큰 시련을 안겨주고 있다는 건 알고 있어?"

대답이 없었다.

"이제 둘 중 하나를 택할 수밖에 없어. 자네가 무슨 조치를 취하든지 아니면 자네한테 무슨 조치가 취해지든지. 그런데 어떤 종류의 일에 종사하고 싶나? 어딘가에 취직해서 다시 필사일을 하고 싶나?"

"아니요, 나는 어떤 변화도 안 겪고 싶습니다."

"포목상 점원 일은 어떤가?"

"그 일은 너무 틀어박혀 있어서요. 싫어요, 점원 일은 하고 싶지 않습니다. 하지만 내가 까다로운 것은 아니에요."

"너무 틀어박혀 있다니," 하고 내가 소리쳤다. "아니 자네는 계속 틀어박혀 있잖아!"

"점원 자리는 안 택하고 싶습니다." 그는 마치 그 작은 사안을 즉각 매듭지으려는 듯이 대꾸했다.

"바텐더 일은 자네 마음에 맞을 것 같나? 그 일은 눈을 피곤하게 하지는 않아."

"그 일은 전혀 하고 싶지 않습니다. 하지만 앞서 말했듯이 내가 까다로운 것은 아니에요."

그가 이례적으로 말을 많이 해서 나는 고무되었다. 나는 다시 공략했다.

"좋아, 그렇다면 상인들 대신 지방에 돌아다니면서 수금하는 일을 하고 싶어? 그러면 건강이 나아질 거야."

"아니요, 뭔가 다른 일을 하고 싶습니다."

"그렇다면 대화로써 젊은 신사를 즐겁게 해주는 말동무 자격으로 유럽에 가는 것은 어떻겠어, 그건 자네 마음에 들겠지?"

"전혀 마음에 들지 않아요. 그 일에는 조금도 확실한 면이 없는 것 같습니다. 저는 붙박이 일이 좋아요. 하지만 내가 까다로운 것은 아니에요."

"그럼 붙박여 있어." 나는 여기서 참을성을 잃고 소리쳤고, 나와 그 사이의 그 모든 분통 터지는 접촉 중에서 처음으로 상당히 화를 냈다. "밤이 되기 전에 자네가 이 건물에서 나가지 않으면, 내가 이 건물을 떠날 수밖에 없을 것 같아 — 아니, 바로 내가 떠 — 떠 — 떠나야만 한다고!" 나는 요지부동의 그를 순응시키려면 어떤 위협으로 겁줘야 할지 알지 못해서 상당히 어정쩡하게 말을 맺었다. 더이상의 노력을 모두 단념하고 다급하게 그를 떠나려 했는데 그때 최종적인 생각 하나가 떠올랐다. 이전에 한번도 품어보지 않은 생각은 아니었다.

"바틀비," 그런 흥분되는 상황에서 취할 수 있는 최대한 상냥한 어조로 내가 말했다. "지금 나랑 함께 집으로 — 내 사무실이 아니라 내 숙소로 — 가지 않겠나? 그리고 거기 머물면서 우리가 한가한 때에 함께 자네 문제를 편리하게 조정하여 처리할 수 없을까? 자, 지금, 당장 함께 가자고."

"아니요, 지금은 어떤 변화도 안 겪고 싶습니다."

나는 아무 대답도 하지 않았다. 그러나 순식간에 날랜 동작으로 사람들을 효과적으로 요리조리 피하면서 그 건물에서 뛰쳐나와 브로드웨이 쪽으

로 월가를 달려올라가서 맨 처음 눈에 띄는 승합마
차에 올라타고는 곧 그 자리에서 사라졌다. 차분함
을 되찾자마자, 건물 주인과 세입자들의 요구에 대
해서나 바틀비에게 호의를 베풀고 그를 야만적인
박해로부터 보호하려는 나 자신의 욕망과 의무감
과 관련해서나, 내가 할 수 있는 일은 이제 다 했음
을 또렷이 인식했다. 나는 이제 아무런 걱정 없이
평온한 상태가 되려고 애썼으며 그런 시도는 양심
적으로는 정당화되었지만 사실 내가 바란 것만큼
그리 성공적이지는 못했다. 몹시 화난 건물 주인과
격앙된 세입자들에게 다시 쫓길까봐 두려운 나머
지 나는 며칠간 내 업무를 니퍼스에게 맡기고 사륜
마차를 타고 뉴욕시내의 북부 여기저기와 교외 곳
곳을 돌아다녔다. 저지시티와 호보컨[19]까지 건너갔
으며, 맨해튼빌과 애스토리아[20]를 몰래 방문했던
것이다. 사실 한동안 나는 사륜마차 속에서 살다시

19 두 지역 모두 뉴욕 서쪽 허드슨강 건너편에 있다.
20 전자는 맨해튼의 북부에, 존 제이컵 애스터의 이름을 딴 애스토
   리아는 맨해튼 동쪽 현재 퀸스 지역에 있다.

피 했다.

사무실에 다시 나왔을 때 건물 주인한테서 온 쪽지가 내 책상에 보란 듯이 놓여 있었다. 나는 떨리는 손으로 그 쪽지를 펼쳤다. 읽어보니 쪽지를 쓴 이가 경찰에 사람을 보내어 바틀비를 부랑자로 툼스 구치소에 잡아가게 했다는 것을 내게 통지하는 내용이었다. 게다가 내가 누구보다 바틀비에 대해 많이 알고 있으니 툼스에 출두해서 사실을 적절하게 진술하기를 바란다는 것이었다. 이 기별은 내게 상반되는 효과를 끼쳤다. 처음에 나는 분개했으나 마침내는 찬동하다시피 했다. 건물 주인은 열성적이고 성질이 급해서 나라면 결코 택하지 않았을 그런 일처리 방식을 택한 것이다. 그러나 마지막 방편으로서는 그런 특이한 상황에서 그것 말고 다른 대안이 없는 듯했다.

나중에 알게 되었지만, 그 불쌍한 필경사는 자신이 툼스로 호송된다는 말을 듣자 조금도 저항하지 않고 그 특유의 창백하고 무감한 방식으로 묵묵히 따랐다.

인정 많고 호기심 어린 구경꾼 몇몇이 일행에
가담했고 바틀비와 팔짱을 낀 경관 중의 하나가 앞
장서는 가운데 그 말없는 행렬은 정오의 떠들썩한
통행로의 그 모든 소음과 열기와 환희를 헤치며 줄
지어 나아갔다.

쪽지를 받은 바로 그날 나는 툼스에, 아니 좀
더 정확히 말하자면 법무청사에 갔다. 담당 교도관
을 찾아서 방문한 목적을 진술하니 내가 묘사한 인
물이 정말 안에 있다고 통고해주었다. 그래서 나는
그 관리에게 바틀비가 아무리 이해하기 힘든 괴짜
일지라도 진짜로 정직한 사람이며 대단히 불쌍한
사람이라고 확실하게 말했다. 나는 내가 아는 바를
모두 털어놓았으며 그를 가두어놓되 가능한 한 관
대하게 대우하다가 뭔가 덜 가혹한 조치를 취하는
방안을 제안하면서 말을 맺었다. 사실은 덜 가혹한
조치가 어떤 것인지는 몰랐지만 말이다. 어쨌든 다
른 대책을 취할 수 없다면 구빈원에서 그를 맡아야
한다. 그리고 나는 면회를 하게 해달라고 간청했다.

수치스러운 죄목으로 들어온 것이 아닌데다 모

든 면에서 상당히 평온하고 무해하기 때문에 당국은 그가 옥사 주위를, 특히 잔디밭이 있는 폐쇄된 안뜰을 자유롭게 돌아다닐 수 있도록 허용했다. 그래서 나는 그를 거기서 발견했다. 나는 그가 높은 벽을 향해 얼굴을 돌린 채 더없이 조용한 안뜰에 홀로 서 있는 동안 감옥 창문의 가느다란 틈새를 통해 사방에서 살인자와 도둑 들의 눈길이 바틀비를 뚫어지게 지켜보는 광경을 보는 것 같았다.

"바틀비!"

"당신이 누군지 압니다." 그가 돌아보지 않고 말했다. "하지만 당신한테 하고 싶은 말이 없습니다."

"바틀비, 자네를 이곳에 집어넣은 것은 내가 아니야." 의심하는 듯한 그의 말에 나는 마음이 몹시 아파서 말했다. "그리고 자네한테는 이곳이 그렇게 지독한 장소는 아닐 거야. 여기 있다고 해서 어떤 수치스러운 전력이 붙는 건 아니야. 그리고 보라고, 이곳이 흔히 생각하듯 그렇게 슬픈 장소도 아냐. 보라고, 저기에 하늘도 있지, 여기에 풀도 있지."

"여기가 어딘지는 알고 있어요." 그가 대답했으나 더이상 말하려 하지 않았고 그래서 나는 그를 떠났다. 다시 복도로 들어서자 덩치가 크고 고깃덩이처럼 생긴 남자가 앞치마 차림으로 내게 다가오더니 엄지손가락을 어깨 너머로 치켜들며 "저치가 당신 친구요?" 하고 말을 붙였다.

"그렇소."

"그 친구는 굶어죽을 작정이오? 만약 그렇다면 감방 음식을 먹게 내버려두시구려, 그뿐이오."

"당신은 누구요?" 이런 장소에서 이렇게 비공식적인 투로 말하는 사람을 어떻게 생각해야 할지 몰라 내가 물었다.

"나는 사식업자요. 여기에 친구들이 들어와 있는 신사양반들은 나를 고용하여 뭔가 먹을 만한 것을 친구들한테 제공하지요."

"그런가요?" 교도관을 돌아보며 내가 말했다.

교도관은 그렇다고 말했다.

"그렇다면, 좋소." 사식업자(사람들이 그를 그

렇게 부르니까)의 손에 은화 몇개를 슬쩍 넣어주
면서 내가 말했다. "저기 있는 내 친구에게 특별한
주의를 기울여주길 바라오. 당신이 제공할 수 있는
최상의 식사를 넣어주도록 해주세요. 그리고 가능
한 한 그를 공손하게 대해야 하오."

"나를 소개시켜주실 거죠, 그렇죠?" 사식업자는
자신의 교양을 시범적으로 보여줄 기회를 갖고 싶
어서 안달이 난 듯한 표정으로 나를 바라보며 말
했다.

필경사에게 유익할 것이라고 생각해서 나는 묵
묵히 따랐다. 그리고 사식업자의 이름을 묻고 그와
함께 바틀비에게 다가갔다.

"바틀비, 이 사람은 커틀리츠 씨야. 자네한테 매
우 유용한 친구라는 것을 알게 될 거야."

"당신의 하인입니다, 나리. 당신 하인이에요."
앞치마 차림의 사식업자가 깊이 머리를 숙이면서
말했다. "여기가 마음에 들기 바랍니다, 나리. 좋은
뜰에 ─ 서늘한 방들이 있으니 ─ 여기서 한동안
우리와 함께 머무셨으면 합니다 ─ 기분좋게 지내

십시오. 제 아내와 제가 나리의 식사를 아내의 내실에서 시중들어도 되겠습니까?"

"오늘은 식사를 안 하고 싶습니다." 고개를 돌리며 바틀비가 말했다. "내 속에 맞지 않을 겁니다. 나는 정찬에 익숙하지 않거든요." 그렇게 말하면서 그는 안뜰의 맞은편으로 서서히 이동해서 막힌 벽을 마주 보는 곳에 자리를 잡았다.

"이거 어떻게 된 거요?" 놀라서 나를 노려보며 사식업자가 말했다. "저 사람 좀 이상하네요?"

"정신이 약간 나간 것 같아요." 나는 슬픈 목소리로 말했다.

"정신이 나갔다고요? 정신이 나갔다는 겁니까? 글쎄요, 이제 보니, 이거 참. 나는 저기 당신 친구가 문서위조자 양반이라고 생각했어요. 위조자 양반들은 늘 창백하고 품위있어 보이지요 — 불쌍한 마음이 들지 않을 수 없어요. 불쌍한 마음을 금할 수 없어요, 선생님. 먼로 에드워즈[21]를 아십니까?" 그

---

21 Monroe Edwards(1808~47). 텍사스 초기의 노예 밀수입자이며 문서위조자.

가 비장하게 덧붙이면서 말을 멈췄다. 그러더니 측은하다는 듯이 내 어깨에 손을 얹고는 한숨을 쉬었다. "그 사람은 싱싱[22]에서 폐병으로 죽었어요. 그런데 먼로를 모르십니까?"

"몰라요, 문서위조자와 어울려 지낸 적이 없어요. 더 이상 머무를 수는 없군요. 저기 내 친구를 돌봐주세요. 그럼 손해볼 일은 없을 겁니다. 또 봅시다."

그로부터 며칠 뒤 나는 다시 툼스 구치소의 출입을 허락받아 바틀비를 찾으러 복도를 죽 돌아다녔으나 그를 찾지 못했다.

"그가 조금 전에 감방에서 나오는 것을 보았소." 한 교도관이 말했다. "어쩌면 안뜰에서 서성거리고 있을 거요."

그래서 나는 그쪽으로 갔다.

"그 말없는 사람을 찾고 있소?" 또다른 교도관이 내 곁을 지나가면서 말했다. "저쪽에 누워 있소.

---

22 뉴욕시 북쪽 오시닝에 위치한 교도소.

저쪽 안뜰에 잠들어 있소. 눕는 것을 본 지 이십분
도 안되었소."

안뜰은 쥐죽은 듯이 조용했다. 그곳은 일반 죄
수들은 들어가지 못했다. 주위를 에워싼 엄청나게
두꺼운 벽들은 모든 소음을 막아주었다. 이집트 양
식의 석조물이 그 침울함으로 나를 짓눌렀다. 그러
나 발아래에 부드러운 잔디가 틈새를 비집고 자라
났다. 그 모습은 마치 영원한 피라미드의 심장처럼
보였다. 이를테면 피라미드 속에서 새들이 쪼개진
틈새에 떨어뜨린 잔디씨앗이 어떤 이상한 마법에
의해 싹이 튼 것 같았다.

나는 벽의 아랫부분에 묘하게 움츠린 자세로
있는 소진된 모습의 바틀비를 보았다. 무릎을 웅크
리고 차가운 돌에 머리를 갖다댄 채 모로 누워 있
었다. 그러나 아무런 움직임도 없었다. 나는 발걸
음을 멈추었다가 그에게 바싹 다가가서 몸을 구부
렸고 그의 침침한 눈이 감겨 있지 않다는 것을 발
견했다. 그렇지 않았다면 그가 깊은 잠을 자는 것
처럼 보였을 것이다. 뭔가가 그를 만져보라고 재촉

했다. 그의 손을 만지는 순간 저릿저릿한 전율이 팔을 타고 올라왔다가 척추를 타고 발까지 내려갔다.

그때 사식업자의 둥근 얼굴이 나를 빤히 쳐다보았다. "그의 식사가 준비되었어요. 그는 오늘도 식사를 안할 건가요? 아니면 식사도 않고 사는 사람입니까?"

"식사를 하지 않고 살지요." 이렇게 말하고 나는 그의 눈을 감겨주었다.

"어라! 잠들었네요?"

"제왕과 만조백관과 함께[23] 잠들었소." 내가 중얼거렸다.

이 이야기를 더 진행할 필요가 거의 없어 보인다. 불쌍한 바틀비의 매장과 관련된 얼마 안되는 이야기는 상상력으로 충분히 메울 수 있을 것이다. 그러나 독자와 헤어지기 전에, 이런 말은 하고 싶다. 이 짧은 이야기로 말미암아 바틀비가 누구인

---

23 「욥기」 3장 14절을 인유한 구절.

지 그리고 본 화자가 그를 알기 전에 그가 어떤 종류의 삶을 영위했는지 호기심이 생길 만큼 독자가 흥미를 갖게 되었다면 나 역시 그런 호기심을 충분히 갖고 있되 전혀 충족할 수 없다고 대답할 수 있을 뿐이라고. 다만 여기서 필경사의 죽음 후 몇개월 만에 내 귀에 들어온 한가지 사소한 소문을 밝혀야 할지 모르겠다. 나는 그 소문의 근거가 무엇인지 확인할 수 없었고 따라서 그것이 얼마나 진실한지도 지금 알 수 없다. 그러나 이 모호한 소문이 애처롭기 그지없긴 해도 내게 얼마간 흥미로운 암시도 없지 않은 만큼 다른 몇몇 사람의 경우에도 알고 보면 마찬가질 수 있겠으니, 간단히 언급하기로 한다. 그 소문은 이렇다. 즉 바틀비가 워싱턴의 배달 불능 우편물 취급소[24]의 말단 직원이었는데, 행정부의 물갈이로 갑자기 그 자리에서 쫓겨났다는 것이다. 이 소문을 곰곰이 생각할 때면 나를 사로잡는 감정을 표현할 길이 없다. 배달 불능 편지

---

24 Dead Letter Office. 미국 우정국 산하로 1825년에 설치되었다.

라니! 죽은 사람 같은 느낌이 들지 않는가? 천성적
으로 혹은 불운에 의해 창백한 절망에 빠지기 쉬운
사람을 생각해보라. 그런 사람이 계속해서 이 배
달 불능 편지를 다루면서 그것들을 분류해서 태우
는 것보다 그 창백한 절망을 깊게 하는 데 더 안성
맞춤인 일이 있을까? 그 편지들은 매년 대량으로
소각되었다. 때때로 창백한 직원은 접힌 편지지 속
에서 반지를 꺼내는데, 반지의 임자가 되어야 했을
그 손가락은 어쩌면 무덤 속에서 썩고 있을 것이
다. 또한 자선헌금으로 최대한 신속하게 보낸 지폐
한장을 꺼내지만 그 돈이 구제할 사람은 이제 먹을
수도 배고픔을 느낄 수도 없다. 그리고 뒤늦게 용
서를 꺼내지만 그것을 받을 사람은 절망하면서 죽
었고, 희망을 꺼내지만 그것을 받을 사람은 희망을
품지 못하고 죽었으며, 희소식을 꺼내지만 그것을
받을 사람은 구제되지 못한 재난에 질식당해 죽어
버린 것이다. 삶의 심부름에 나선 이 편지들이 죽
음으로 질주한 것이다.

아, 바틀비여! 아, 인간이여!

F. 스콧 피츠제럴드 F. Scott Fitzgerald

겨울 꿈 · Winter Dreams

I

    캐디들 가운데 몇몇은 찢어지게 가난하여 앞
마당에 신경쇠약에 걸린 암소가 있는 단칸방 집에
서 살았지만 덱스터 그린의 아버지는 블랙베어에
서 두번째로 좋은 식품점을 소유하고 있었고 — 가
장 좋은 식품점은 셰리아일랜드의 부유한 사람들
이 이용하는 '더 허브'였다 — 덱스터는 다만 용돈
을 벌려고 캐디 일을 했다.

    날씨가 상쾌해지고 하늘이 잿빛으로 변하는 가
을에, 그리고 하얀 상자 뚜껑처럼 굳게 닫힌 기나
긴 미네소타의 겨울에 덱스터의 스키는 골프코스
의 페어웨이를 뒤덮은 눈 위를 미끄러져갔다. 이런

때가 되면 이 지방은 그에게 깊은 우수를 안겨주었다. 그는 긴 겨울 동안 골프장을 털이 덥수룩한 참새들이 출몰하는 휴한지로 놀려둘 수밖에 없다는데 속이 상했던 것이다. 여름에는 화사한 깃발들이 펄럭거렸던 골프티 위에 이제는 황량한 모래통들만이 무릎 깊이의 딱딱한 얼음으로 덮여 있었다. 그가 언덕을 가로지를 때는 찬바람이 매섭게 불었으며, 해가 나온 경우에도 한없이 내리쬐는 가혹한 빛 때문에 두 눈을 가늘게 뜬 채 터벅터벅 걸었다.

사월이 되면 겨울이 갑자기 끝났다. 때이른 골퍼들이 붉고 검은 공으로 용감히 겨울에 맞서기를 채 기다려주지 않고 눈이 녹아서 블랙베어 호수로 흘러내렸다. 우쭐대지 않고 찬란한 우기도 거치지 않은 채 추위는 사라져버렸다.

덱스터는 이 북부 지방의 가을에 뭔가 찬란한 구석이 있듯이 봄에는 뭔가 음울한 구석이 있다는 것을 알고 있었다. 가을이 되면 그는 두 손을 불끈 쥐고 온몸을 떨면서 바보 같은 문장을 속으로 되뇌며 상상으로 불러낸 청중과 군대에게 불현듯 힘차게 명령을 내리는 동작을 취했다. 시월은 그에게 희망을 불어넣었고 십일월은 그 희망을 일종의 황홀한 승리로 끌어올렸으며, 이런 분위기에서 속절없이 지나가는 셰리아일랜드 여름날의 빛나는 인상들은 그에게 손쉬운 공상거리가 되었다. 그는 상상 속에서 골프대회 챔피언이 되었고 상상 속 페어웨이에서 수백번이나 치른 멋진 시합에서 T. A. 헤드릭 씨를 어김없이 물리쳤는데, 그 시합의 세부 내용을 그는 지치지도 않고 바꿔댔다. 어떤 때는 거의 우스꽝스러울 정도로 쉽게 이겼으며 어떤 때는 뒤지다가 멋지게 따라잡기도 했다. 또한 모티머 존스 씨처럼 피어스 애로¹ 자동차에서 내려 쌀쌀맞은 태도로 셰리아일랜드 골프클럽 라운지로 어슬렁대며 걸어들어가거나 아니면 어쩌면 경탄하는 군중에 둘러싸인 채 클럽 부대浮臺의 도약판에서 멋진 다이빙 시범을 보이기도 했다…… 놀라서 입을 벌리고 그를 지켜보는 사람들 가운데는 모티머

ㅣ 1901~38년 뉴욕주 버펄로에서 제조된 고급 승용차.

존스 씨도 끼어 있었다.

그러던 어느날 존스 씨 — 그의 유령이 아니라
바로 그 사람이 — 가 두 눈에 눈물을 글썽이며 덱
스터에게 다가와 이렇게 말하는 사태가 벌어졌다.
덱스터는 클럽에서 최고의 캐디이며, 만약 존스 씨
가 그에 걸맞은 배려를 해준다면 그만두지 않기로
할 수 없겠느냐는 것이다. 왜냐하면 클럽의 다른
캐디들은 모두 홀에 공을 하나 넣을 때마다 공 하
나씩을 상습적으로 잃어버렸기 때문이다.

"아니요, 선생님." 덱스터가 단호하게 말했다.
"더이상 캐디 일을 하고 싶지 않습니다." 그러고는
잠시 후에 덧붙였다. "전 나이가 너무 많아요."

"자넨 기껏 열네살밖에 되지 않았어. 도대체 하
필이면 왜 오늘 아침에 그만두고 싶다는 결심을 했
단 말인가? 다음주 나와 함께 주州 토너먼트 경기
에 나가기로 약속했잖은가."

"제 나이가 너무 많다는 생각이 들었어요."

덱스터는 'A 클래스' 배지를 반납하고 캐디마
스터한테서 받을 돈을 받은 다음 블랙베어 마을의

집으로 걸어갔다.

"내가 만난 캐디 중에…… 최고였어." 그날 오후 모티머 존스 씨는 술잔을 기울이며 소리쳤다. "공 하나 잃어버린 적이 없어! 열의있고! 영리하고! 조용하고! 정직하고! 감사할 줄 알아!"

일을 이렇게 만든 것은 열한살짜리 작은 소녀였다. 몇년 뒤에는 형언할 수 없을 만큼 사랑스러워져 숱한 남자들한테 끝없는 비참함을 안겨줄 숙명을 타고난 작은 여자애들이 그렇듯이 그녀는 굉장히 밉상이었다. 그러나 생기가 불꽃처럼 번득였다. 미소를 지을 때 두 입술을 입 가장자리 아래쪽으로 비트는 방식이라든지 그리고 —맙소사!— 열정적이라고 할 만한 두 눈에 전반적으로 불경함이 깃들어 있었다. 이런 여자들에게 삶의 활력이란 일찍 나타나는 법이다. 그 활력이 지금 너무 역력하여, 그녀의 가냘픈 체구를 통해 환한 빛을 뿜어내고 있었다.

여자애는 아홉시에 흰 무명옷 차림의 보모와 함께 열성적으로 골프장에 나왔었다. 보모는 자그마한 새 골프채 다섯개가 담긴 하얀 캔버스 가방을 들고 있었다. 덱스터가 처음 보았을 때 여자애는 꽤나 불편한 기색으로 캐디 하우스 옆에 서 있었다. 그녀는 간간이 깜짝 놀라거나 어색하게 찡그리는 표정을 지으면서 누가 봐도 부자연스럽게 보모에게 말을 건네면서 불편한 심사를 감추려 하고 있었다.

"그래요, 힐다 아줌마, 오늘은 분명히 날씨가 좋아요." 덱스터는 그녀가 말하는 소리를 들었다. 그녀는 입술 가장자리를 아래쪽으로 당겨 미소짓고는 슬쩍 주위를 둘러보다가 한순간 덱스터에게 눈길을 주었다.

그러고는 보모에게 이렇게 말했다. "그런데, 오늘 아침엔 사람들이 별로 많지 않은 것 같죠, 그렇죠?"

그녀는 또다시 미소를 지었다. 찬란하고 뻔뻔할 정도로 작위적이면서도 마음을 사로잡는 미소였다.

"우리가 지금 뭘 하면 되는지 모르겠어." 보모

가 딱히 어딘가를 보는 것은 아닌 채로 말했다.

"아, 괜찮아요. 내가 알아서 할게요."

덱스터는 입을 약간 벌린 채로 꼼짝 않고 서 있었다. 그는 자신이 한발짝 앞으로 이동하면 자기의 눈길이 그녀의 시야에 들어오게 되고, 뒤로 물러나면 그녀가 얼마나 어린지 볼 수 없게 된다는 것을 알고 있었다. 한동안 그는 그녀가 얼마나 어린지 깨닫지 못했었다. 그제야 그는 그 전해에 골프 바지를 입은 그녀의 모습을 몇차례 본 기억이 났다.

불현듯 자기도 모르게 그는 짧고 갑작스러운 웃음을 터뜨렸고, 그런 다음 자신의 행동에 흠칫 놀라 돌아서서 잽싸게 걸어가기 시작했다.

"보이!"

덱스터는 걸음을 멈췄다.

"보이……"

의문의 여지 없이 그를 부르는 소리였다. 뿐만 아니라 그에게 그 터무니없는 미소, 그 종잡을 수 없는 미소까지 짓는 것이었다. 적어도 여남은명의 남자들은 중년까지 기억할 그런 미소였다.

"보이, 골프 강사가 어디 있는지 알아요?"

"지금 레슨 중인데요."

"그럼, 캐디마스터가 어디 있는지는 알아요?"

"오늘 아침에는 아직 안 나왔는데요."

"아." 한동안 그녀는 난감해했다. 그녀는 번갈아
가며 오른발로 섰다 왼발로 섰다 했다.

"캐디를 구했으면 해서요." 보모가 말했다. "모
티머 존스 부인이 골프를 치라고 우리를 보냈는데
캐디를 구할 수 없으면 어떻게 골프를 칠지 모르겠
어요."

여기서 존스 양이 험악한 눈짓을 하다가 연이
어 미소를 짓자 보모는 말을 멈췄다.

"여기는 나 말고는 캐디가 없어요." 덱스터가
보모에게 말했다. "그런데 나는 캐디마스터가 나올
때까지는 책임지고 여기에 머물러 있어야 해요."

"아."

존스 양과 보모는 이제 물러나 덱스터로부터
적당히 떨어져서 열띤 대화를 시작했다. 존스 양이
골프채 하나를 꺼내 난폭하게 땅을 치는 것으로 그

대화는 끝났다. 자기 뜻을 좀더 강조하기 위해 그녀는 골프채를 다시 들어올려 보모의 젖가슴을 세게 내려치려 했으나 보모가 골프채를 붙잡아 그녀의 손에서 비틀어 빼앗았다.

"이 빌어먹을 야비한 할망구 같으니!" 존스 양은 발광하듯 소리쳤다.

또다시 말싸움이 시작되었다. 이 장면에 코미디 같은 구석이 있음을 깨닫고 덱스터는 몇번이나 웃기 시작했지만 그때마다 웃음소리가 또렷이 들리기 전에 웃음을 자제했다. 그는 그 어린 여자애가 보모를 때리는 것이 정당하다는 괴상망측한 생각을 떨쳐버릴 수 없었다.

때마침 캐디마스터가 나타남으로써 이 상황은 해결되었다. 보모는 즉시 그에게 하소연했다.

"존스 양한테는 어린 캐디가 있어야 하는데, 여기 이 아이는 갈 수 없다고 그러네요."

"매케나 씨가 아저씨가 올 때까지 여기서 기다려야 한다고 했어요." 덱스터가 재빨리 말했다.

"그런데, 지금 그 사람이 왔네요." 존스 양은 캐

디마스터에게 명랑하게 미소지었다. 그런 다음 그녀는 가방을 바닥에 떨어뜨리고는 거만하고 맵시 있는 걸음걸이로 첫번째 티를 향해 출발했다.

"뭐야?" 캐디마스터는 덱스터 쪽으로 돌아섰다. "왜 장승처럼 거기 멀뚱하게 서 있는 거야? 얼른 가서 젊은 숙녀분의 골프채를 들어야지."

"오늘은 필드에 나가지 않을 생각입니다." 덱스터가 말했다.

"나가지 않을 생각이라고 ―"

"그만둘 생각입니다."

그 결정의 중대함에 그는 겁이 났다. 그는 총애받는 캐디였고 여름 동안 그가 버는 한달에 30달러는 호수 주변 다른 어디에서도 벌 수 없는 액수였다. 그러나 그는 강렬한 정서적 충격을 받았으며, 이런 마음의 동요는 곧바로 격렬하게 터져나올 수밖에 없었다.

또한 그게 그렇게 단순한 문제가 아니기도 하다. 앞으로도 아주 종종 그러하듯이, 덱스터는 무의식적으로 그의 겨울 꿈의 명령을 받았던 것이다.

2

이제 물론 이 겨울 꿈의 성격과 시의성이 달라졌지만 꿈의 실제 내용은 그대로 남아 있었다. 몇 년 뒤에 이 꿈에 설득당해 덱스터는 주립대학 경영학과정 진학—이제 그의 아버지는 사업이 번창하여 그 정도 학비는 댈 수 있었을 텐데—을 포기하고, 학자금 부족으로 고통당하면서 그 이점은 불확실한 동부의 좀더 전통있고 유명한 대학에 다니는 쪽을 택했다. 그러나 그의 겨울 꿈이 처음에 우연히도 부자들에 대한 생각과 관련되었다고 해서 이 소년에게 단지 속물적인 것밖에 없다는 인상을 갖지는 말아달라. 그는 번쩍이는 물건이나 번쩍이는 사람들과 어울리기를 원하지 않았다. 그가 원하는 것은 바로 번쩍이는 물건 그 자체였다. 종종 그는 왜 그걸 원하는지 이유도 모른 채 최상의 것에 손을 뻗치곤 했고, 때로는 인생에 충분히 내장된 신비한 거절과 금기에 맞닥뜨리곤 했다. 이 이야기가 다루는 것은 그런 거절 가운데 하나이지 그의 전반적인 삶의 이력은 아니다.

그는 돈을 벌었다. 그건 상당히 놀라운 일이었다. 대학을 졸업한 뒤 그는 블랙베어 호수에 찾아오는 부유한 사람들이 사는 그 도시로 갔다. 그는 겨우 스물세살이었고 그곳에 온 지 이태밖에 되지 않았지만 벌써 "요새 이런 젊은이가 있어 —"라고 즐겨 말하는 사람들이 생겨났다. 주위의 부잣집 아들들은 불안정하게 채권을 팔러 다니거나 물려받은 재산을 되는대로 투자하거나 아니면 24권짜리 '조지 워싱턴 상업강좌'를 붙들고 씨름했지만, 덱스터는 대학 학위와 자신감에 찬 말씀씨를 밑천으로 1000달러를 빌려서 한 세탁소의 공동소유권을 사들였다.

그가 사업에 뛰어들었을 때 세탁소는 작았으나 덱스터는 가는 모직 골프 스타킹을 쪼그라들지 않게 세탁하는 영국인들의 방법을 특화해서 일년이 안되어 니커보커스 바지[2]를 입는 고객을 상대로 장사를 하고 있었다. 남자들은 골프공을 잘 찾는 캐디를 고집했듯이 셰틀랜드 양말과 스웨터를 그의 세탁소에 맡길 것을 고집했다. 얼마 뒤 덱스터는 그들 부인의 속옷까지 맡게 되었고, 그 도시의 여러 구역에서 다섯개의 지점을 운영하고 있었다. 스물일곱살이 되기 전에 그는 그 지역에서 가장 큰 세탁소 체인점을 소유하게 되었다. 그가 세탁소를 팔고 뉴욕에 간 것은 그때였다. 하지만 그의 이야기 중에 우리의 관심을 끄는 부분은 그가 처음으로 큰 성공을 거두는 시절로 거슬러올라간다.

덱스터가 스물세살이었을 때——"요새 이런 젊은이가 있어"라고 즐겨 말하던 머리가 희끗한 사람들 가운데 하나인——하트 씨가 그에게 셰리아일랜드 골프클럽의 방문객용 주말 이용권 한장을 주었다. 그래서 덱스터는 어느날 이름을 등록하고 그날 오후에 하트 씨, 샌드우드 씨, T. A. 헤드릭 씨와 함께 사인조 골프를 쳤다. 그는 자기가 한때 바로 이 골프장에서 하트 씨의 골프가방을 들고 다녔으며

---

2 무릎 아래에서 훑치는 느슨한 반바지로 20세기 초엽에는 골프를 칠 때 이 바지를 입었다.

겨울 꿈   **119**

어디에 모래구덩이가 있고 어디에 도랑이 있는지 두 눈을 감고도 알 수 있다는 것을 굳이 말할 필요는 없다고 생각했다. 그러나 그는 뒤따라오는 네 명의 캐디를 힐끗 바라보면서 예전의 자기를 상기시키거나 현재의 자신과 과거의 자신 사이에 놓인 간격을 좁힐 어렴풋한 눈빛이나 몸짓이 없는지 살펴보았다.

그날은 낯익은 인상들이 갑자기 후려치듯 스쳐 지나가는 묘한 날이었다. 한순간 그는 침입자가 된 느낌이 들었다가 다음 순간 T.A. 헤드릭 씨에 대해 자신이 느끼는 엄청난 우월감에 압도되었다. 헤드릭 씨는 따분한 사람이었으며 이제는 예전처럼 골프를 잘 치지도 못했다.

그때 하트 씨가 열다섯번째 그린 근처에서 잃어버린 공 때문에 굉장한 일이 일어났다. 그들이 페어웨이를 벗어난 구역의 뻣뻣한 잡초들을 뒤지고 있을 때 그들 뒤쪽의 언덕 너머에서 "공 날아가요!" 하는 소리가 또렷이 들렸다 공을 찾다가 그들이 부리나케 몸을 돌리는 순간 밝은색 새 공 하나가 돌연 언덕 위로 가르듯이 날아와 T.A. 헤드릭 씨의 복부를 맞혔다.

"아이쿠!" T.A. 헤드릭 씨가 소리쳤다. "저런 미친 여자들은 골프장에서 쫓아내야 해. 점점 더 미쳐 날뛴단 말이야."

언덕 너머로 머리 하나가 나타나면서 목소리가 들렸다.

"지나가도 되겠어요?"

"당신 공이 내 배를 맞혔다고!" 헤드릭 씨가 거칠게 항의했다.

"그랬어요?" 그 아가씨는 남자들에게 다가왔다. "미안해요. 난 '공 날아가요!' 하고 소리질렀는데요."

그녀는 남자들 한 사람 한 사람을 대수롭지 않게 힐끗 쳐다보고는 공을 찾으려고 페어웨이를 뒤졌다.

"내 공이 잡초 속으로 튀어갔나요?"

이 물음이 순진한 건지 악의적인 건지 도저히 판단할 수 없었다. 그러나 잠시 뒤 그녀의 파트너

겨울 꿈

가 언덕 위로 올라오자 그녀가 명랑하게 이렇게 말한 것으로 보아 의문의 여지가 없었다. "나 여기 있어! 무언가에 맞지 않았다면 내 공은 그린에 가 있었을 거야."

그녀가 짧은 매시[3] 샷을 치려고 자세를 잡는 동안 덱스터는 그녀를 유심히 보았다. 그녀는 푸른색 체크무늬 원피스를 입고 있었는데, 목과 어깨 주위로 하얀 가두리가 달려 있어 햇볕에 탄 피부가 돋보였다. 열한살 때 그녀의 열정적인 눈과 아래쪽으로 말리는 입을 우스꽝스럽게 보이게 했던 과장기와 수척한 느낌이 이제 사라지고 없었다. 그녀는 눈에 띄게 아름다웠다. 두 뺨의 홍조는 그림 속의 홍조처럼 뺨 가운데 집중되어 있었다. 그것은 '좋은 혈색'에서가 아니라 수시로 변하는 열기에서 생겨난 것으로 아주 옅어서 금방이라도 옅어져 사라질 것만 같았다. 이런 홍조와 입놀림은 줄곧 거침없는 흐름, 강렬한 생기, 열정적인 활력의 인상을

---

3 골프채의 5번 아이언.

주었는데, 부분적으로나마 균형을 맞추는 것은 슬픈 듯 고혹적인 두 눈뿐이었다.

그녀는 성급하고 무심하게 매시 샷을 휘둘러 공을 그린 저편의 모래구덩이 속에 빠뜨렸다. 거짓 미소를 살짝 짓고 건성으로 "고마워요!" 하고 그녀는 공을 따라갔다.

"저 주디 존스 말이야!" 그들이 그녀가 앞서서 계속 골프 치기를 기다리는 얼마간의 순간 동안 헤드릭 씨가 다음 티에서 개탄했다. "저런 애는 엎어놓고 한 여섯달 동안 볼기를 친 다음 구닥다리 기병대장에게 시집을 보내야지 정신차릴 거야."

"맙소사, 그 여자는 정말 미인이에요!" 서른을 갓 넘은 샌드우드 씨가 말했다.

"미인이라고!" 헤드릭 씨가 경멸스러운 어조로 소리쳤다. "언제나 키스를 받고 싶은 모습이야! 읍내의 온갖 송아지 같은 놈들한테 그 큰 암소 눈알을 돌리면서 말이야!"

헤드릭 씨가 모성본능을 언급하려 했는지는 의문이었다.

"노력만 하면 그녀는 골프를 상당히 잘 칠 것 같아요." 샌드우드 씨가 말했다.

 "폼이 안 잡혀 있어." 헤드릭 씨가 근엄하게 말했다.

 "몸매는 좋아요." 샌드우드 씨가 말했다.

 "더 빠른 공을 치지 않은 게 천만다행이지." 하트 씨가 덱스터에게 윙크하며 말했다.

 그날 오후 늦게 해가 지면서 황금색과 변화무쌍한 청색이며 진홍색이 뒤섞여 광란의 소용돌이를 보여주었고 메마르고 바스락거리는 서부지방 특유의 여름밤을 남겨놓았다. 덱스터는 골프클럽의 베란다에서 보름달 아래의 은빛 당밀처럼 미풍에 일렁이는 호수의 물결들이 잔잔히 겹쳐지는 모습을 지켜보았다. 그러다가 달이 자기 입술에 손가락 하나를 갖다대자 호수는 창백하고 조용한 맑은 풀장으로 바뀌었다. 덱스터는 수영복을 입고 가장 멀리 있는 부대까지 헤엄쳐나가, 도약판의 축축한 캔버스 위에 물을 뚝뚝 떨어뜨리며 온몸을 쭉 뻗었다.

물고기 한마리가 튀어오르고 별 하나가 반짝거리고 호수 주위의 불빛들이 어렴풋이 빛나고 있었다. 저 멀리 바다로 뻗은 컴컴한 땅 위에서 지난 여름과 지지난 여름에 유행하던 노래들—「친친」과 「룩셈부르크의 백작」 그리고 「초콜릿 병사」에 나오는 노래들[4]—이 피아노로 연주되고 있었고, 넓은 물 위로 퍼지는 피아노 소리는 언제 들어도 아름다운 것 같았기 때문에 덱스터는 꼼짝 않고 가만히 누워서 귀를 기울였다.

　　그 순간 피아노가 연주하는 곡은 덱스터가 대학 2학년이던 오년 전만 해도 유쾌하고 참신했었다. 이 곡은 대학무도회 때에 한번 연주되었으나 그때 그는 무도회에 가는 호사를 누릴 여유가 없어서 체육관 바깥에 서서 귀를 기울였다. 이 선율이 그의 내면을 일종의 황홀경에 빠지게 했고, 그는 이런 황홀경에 빠진 채 지금 자신에게 일어난 일들을 바라보았다. 그것은 강렬한 감탄이었고, 이번만

4　20세기 초반에 흥행한 뮤지컬과 오페레타.

은 자신이 삶에 멋지게 조율되어 있는 느낌, 주위의 모든 것이 다시는 결코 알지 못할 환한 빛과 신비한 마력을 뿜어내고 있는 느낌이었다.

나지막하고 창백한 장방형 물체 하나가 셰리아일랜드의 어둠속에서 떨어져나오더니 경주용 모터보트의 붕붕거리는 소리를 토해냈다. 그 뒤쪽으로 두갈래로 나눠진 물결의 선이 기다랗게 펼쳐지면서 보트가 순식간에 그의 곁으로 왔고, 땡땡대는 피아노의 고음은 윙윙거리며 물을 뿜어대는 보트 소리에 잠겨버렸다. 팔을 딛고 몸을 일으키면서 덱스터는 키를 잡고 선 어떤 사람의 검은 두 눈이 길게 퍼진 수면 너머로 자신을 쳐다보고 있음을 알아보았다. 그러자 보트는 그를 지나쳐 달리더니 호수 한가운데서 빙글빙글 무의미하게 광대한 물보라의 원을 그리는 것이었다. 그 못지않게 기이한 것은 이윽고 물보라의 원이 평평해지더니 다시 부대를 향해 오는 것이었다.

"거기 누구예요?" 그녀가 모터를 끄면서 소리쳤다. 그녀가 이제 너무 가까이 다가와 있어 덱스터는 분홍색 원피스인 듯한 그녀의 수영복을 볼 수 있었다.

보트의 앞머리가 부대를 들이받았고, 부대가 삐딱하게 기울면서 그는 그녀를 향해 곤두박질쳤다. 관심의 정도는 달랐지만 두 사람은 서로를 알아보았다.

"오늘 오후 골프 치면서 만났던 남자들 가운데 한 사람 아닌가요?"

그는 그렇다고 했다.

"그런데, 모터보트 몰 줄 아세요? 아신다면 내가 뒤에서 서프보드를 탈 수 있도록 이 모터보트를 몰아주면 좋겠어요. 내 이름은 주디 존스예요." 그녀는 그에게 어쭙잖은 억지웃음을 지었다. 아니, 억지웃음이 되려다가 못된 것이라고 해야 할지 모른다. 아무리 입을 비틀어도 그로테스크하지 않고 그냥 아름다웠기 때문이다. "그리고 나는 셰리아일랜드의 저기 저 집에 살아요. 근데 저 집에는 지금 남자 하나가 나를 기다리고 있어요. 그가 우리집에 차를 몰고 왔을 때 나는 선착장에서 보트를 몰고 나왔어요. 내가 자기 이상형이라나요."

물고기 한마리가 튀어오르고 별 하나가 반짝이면서 호수 주위의 불빛들이 어렴풋이 빛났다. 덱스터는 주디 존스 곁에 앉아 있었고 그녀는 보트를 어떻게 모는지 설명했다. 그런 다음 그녀는 물에 뛰어들어 떠 있는 서프보드를 향해 유연하게 크롤 영법으로 헤엄쳐갔다. 그녀를 바라보는 것은 마치 흔들리는 나뭇가지나 나는 갈매기를 보는 것과 마찬가지로 눈에 아무런 부담이 되지 않았다. 햇볕에 탄 엷은 갈색인 그녀의 팔은 우중충한 백금색 잔물결 사이를 유연하게 헤쳐나갔으며 팔꿈치가 먼저 나타나고 떨어지는 물과 장단을 맞춰 팔뚝을 다시 던져 아래로 죽 뻗으면서 전방의 물길을 찔러나갔다.

그들은 호수 가운데로 이동했다. 덱스터가 고개를 돌리니 이제 앞머리가 들린 서프보드의 뒤쪽 낮은 곳에 무릎을 꿇고 있는 그녀의 모습이 보였다.

"좀더 빨리 가요." 그녀가 소리를 질렀다. "최대한 속력을 내봐요."

시키는 대로 덱스터가 레버를 앞으로 밀자 뱃머리에 하얀 물보라가 솟구쳐올랐다. 그가 다시 돌아보았을 때 그 여자는 두 팔을 활짝 벌리고 달을 향해 두 눈을 치켜뜬 채 질주하는 보드 위에 서 있었다.

"굉장히 추워요." 그녀가 고함쳤다. "이름이 뭐예요?"

그는 그녀에게 이름을 말했다.

"근데, 내일 밤 만찬에 오지 않겠어요?"

그의 마음이 마치 보트의 플라이휠처럼 홱 돌아갔고, 생애 두번째로 그녀의 우연한 변덕이 그의 삶에 새로운 방향을 부여했다.

3

다음 날 저녁 그녀가 아래층으로 내려오기를 기다리는 동안 덱스터는 부드럽고 그윽한 여름방[5]

---

5 여름 땡볕에 서늘한 응달을 제공하기 위해 지은 별채 혹은 부속 방.

과 그곳에서 통하는 유리 현관이 이미 주디 존스를 사랑했던 사내들로 가득 차 있는 광경을 상상했다. 그는 그들이 어떤 종류의 사내들인지 알고 있었다. 그가 대학에 갔을 때 그들은 우아한 옷에다 여름 동안 짙게 그을린 건강한 살갗을 하고 명문 사립고에서 진학한 학생들이었다. 그는 어떤 의미에서는 자신이 그런 사내들보다 낫다는 것을 알고 있었다. 그는 그들보다 새롭고 강했다. 그러나 자기 자식들은 그들처럼 되기를 바란다는 것을 자인한다는 점에서, 자기는 계속해서 그런 자식들을 낳는 거칠고 강인한 재료에 불과함을 시인하는 셈이었다.

좋은 옷을 입을 시기가 왔을 때 그는 미국 최고의 재단사가 누구인지 알고 있었고 그래서 오늘 저녁 입고 있는 옷을 최고의 재단사에게 주문했다. 그는 다른 대학과 뚜렷이 구분되는, 그가 다닌 대학 특유의 과묵함을 배웠다. 그는 그런 매너리즘이 자신에게 소중하다는 것을 알았고 그래서 그것을 택했다. 옷과 매너에 무심하려면 그것들에 세심한 경우보다 더 많은 자신감을 요한다는 것을 그는 알고 있었다. 그러나 그런 무심함은 그의 자식들 몫이었다. 그의 어머니 이름은 크림슬리치였다. 그녀는 보헤미아의 농민계급 출신이었고 생애 마지막 날까지 엉터리영어를 했다. 그녀의 아들은 정해진 패턴을 벗어나서는 안되었다.

일곱시 조금 넘어서 주디 존스가 아래층으로 내려왔다. 그녀는 푸른색의 실크 칵테일 드레스를 입고 있었다. 그는 처음에는 그녀가 좀더 격식을 차린 옷을 입지 않은 데에 실망했다. 간단한 인사를 한 뒤 그녀가 식기실로 가서 문을 열면서 "마사, 이제 만찬을 차려요" 하고 소리를 질렀을 때 이런 실망감은 더욱 또렷해졌다. 덱스터는 집사가 만찬 시간을 공표하고 칵테일이 있을 것으로 기대한 것이다. 그후 나란히 라운지에 앉아 서로를 바라보았을 때 덱스터는 이런 생각을 집어치웠다.

"엄마와 아빠는 오시지 않을 거예요." 그녀가 사려깊게 말했다.

덱스터는 그녀의 아버지를 마지막으로 만난 때를 기억했고, 그녀의 부모가 오늘밤 집에 오지 않는 것이 기뻤다. 그들은 그가 누구인지 의아해할 수도 있었다. 그는 이곳에서 90킬로미터 북쪽에 있는 키블이라는 미네소타의 마을에서 태어났고, 고향을 물으면 언제나 블랙베어 마을 대신 키블을 댔다. 시골 읍이란 불편하게도 지척에 있는 유명한 호수의 발판처럼 이용되지 않는다면 고향으로서 나쁠 것이 없었다.

그들은 그녀가 지난 이년 동안 자주 방문했다는 그가 다닌 대학에 대해, 셰리아일랜드에 손님을 공급해주는 인근 도시에 대해, 그리고 덱스터가 다음 날 자신의 번창하는 세탁소로 돌아갈지에 대해 이야기를 나누었다.

만찬 동안 그녀가 변덕스러운 우울증에 빠진 탓에 덱스터는 불편했다. 그녀가 쉰 목소리로 무슨 토라진 말을 내뱉건 그는 걱정스러웠다. 그녀가 무엇에—그에게나 닭의 간요리에나 그밖에 아무것도 아닌 것에—미소짓든 그 미소가 기쁘거나 심지어 즐거워서 짓는 것이 아니라는 사실이 그를 심란하게 했다. 그녀의 진홍색 입술 가장자리가 아래로 말릴 때 그것은 미소라기보다 키스해달라는 요청에 가까웠다.

만찬이 끝난 후에 그녀는 그를 어두운 유리 현관으로 데려가서 의도적으로 분위기를 바꿨다.

"좀 울어도 될까요?" 그녀가 물었다.

"내가 당신을 따분하게 하는가보군요." 그가 재빨리 대답했다.

"그게 아니에요. 나는 당신이 좋아요. 하지만 오늘 오후에 정말 끔찍한 일을 당했거든요. 내가 좋아하던 남자가 있는데, 오늘 오후에 마른하늘에 날벼락 치듯 자신이 땡전 한푼 없는 가난뱅이라고 실토하는 거예요. 전에는 그런 내색을 전혀 하지 않았어요. 지극히 세속적인 이야기로 들리죠?"

"어쩌면 당신한테 말하기가 겁났던 거지요."

"그랬던 것 같아요." 그녀는 대답했다. "그 사람은 시작부터 잘못한 거예요. 있잖아요, 내가 설령 그를 가난하다고 생각했더라도 그렇죠. 근데 나는 가난한 남자들한테 반한 적이 엄청 많고요, 그들모두하고 결혼할 생각도 있었어요. 그러나 이번 경우 그 사람을 그런 식으로 생각한 적이 없을뿐더러 그에 대한 내 관심도 충격을 이겨낼 만큼 강한 것은 아니었어요. 마치 여자애가 약혼자에게 자기가 과부라고 차분히 통고하는 격이지 뭐예요. 그 사람은 과부라도 반대하지 않을 수 있겠지만…… 우리는 시작부터 제대로 해요." 그녀는 돌연 말을 중단했다가 이렇게 말했다. "어쨌거나 당신은 어떤 사람이에요?"

덱스터는 잠시 머뭇거렸다. 그러고는,

"난 별 볼 일 없는 사람이오." 그가 단언했다. "내 경력은 대체로 앞날에 달려 있어요."

"가난한가요?"

"아니요." 그가 솔직하게 말했다. "북서부에서 내 또래의 어느 남자보다 돈을 많이 벌걸요. 가증스러운 말이라는 건 알지만 당신이 시작부터 제대로 하자고 충고하니 하는 말이오."

침묵이 흘렀다. 그러다가 그녀가 미소를 지으며 입 가장자리를 내려뜨렸고 감지하기 어려울 정도로 살짝 몸을 기울여 그의 쪽으로 가까워지면서 그의 눈을 올려다보았다. 덱스터는 목이 멨고 숨을 죽이면서 새로운 실험을 기다렸다. 그들의 입술에서 신비하게 형성되는 예측불허의 합성물을 앞에 두고 말이다. 그때 그는 목격했다. 그녀는 키스로써 그에게 자신의 흥분을 깊이, 아낌없이 전달했다. 그 키스는 미래의 약속이 아니라 당장의 성취였다. 그 키스는 그에게 재생을 요구하는 갈망이 아니라 포만을 불러일으켰는데, 그 포만은 더 많은 포만을 요구하는 것 같았다. 아무것도 아끼지 않음으로써 되레 결핍을 창출하는 자선과도 같은 키스였다.

덱스터는 야심을 지닌 자신만만한 소년시절부터 줄곧 주디 존스를 갈망해왔다고 판단하는 데 그리 오랜 시간이 걸리지 않았다.

4

그렇게 시작된 둘의 관계는 긴장의 강도가 다양하게 변주되었지만 대단원에 이르기까지 줄곧 그런 기조로 계속되었다. 덱스터는 자신이 접촉해 본 사람들 중에 가장 직설적이고 방종한 인물에게 자신의 일부를 바쳤다. 주디는 원하는 것이 무엇이든 자신의 매력을 최대한으로 발휘하며 추구했다. 방법상의 차별화도 유리한 입지를 위한 책략도 효과를 고려한 계획도 없었다. 그녀의 연애에는 정신적인 면이 조금밖에 없었다. 그저 남자들이 그녀가 지닌 최고도의 육체적 아름다움을 의식하게끔 만들었을 뿐이다. 덱스터는 그녀를 변화시키고 싶은 욕망이 없었다. 그녀에게 결핍된 것들은 그 결핍을 초월하고 정당화하는 열정적인 에너지와 결합되어 있었다.

그들의 관계가 시작된 첫날밤 주디가 그의 어깨에 머리를 기대면서 "나한테 무슨 문제가 있는지 모르겠어요. 어젯밤에는 어떤 남자를 사랑한다고 생각했는데 오늘은 당신을 사랑한다고 생각하고 있으니……" 하고 속삭였을 때, 그 말이 덱스터에게는 아름답고 낭만적으로 들렸다. 그녀의 이런 절묘한 흥분상태를 그는 잠시 통제하고 소유하고 있었다. 그러나 일주일 뒤 그는 이 똑같은 특질을 다른 관점에서 보지 않을 수 없었다. 그녀는 그를 자신의 지붕 없는 자동차에 태워 야외 저녁식사 파티에 데려가더니 저녁식사 후에는 마찬가지로 그 자동차를 타고 다른 남자랑 사라져버렸다. 덱스터는 엄청나게 마음이 상했고 거기에 참석한 다른 사람들에게 점잖게 예의를 차리기가 힘들었다. 그녀가 다른 남자에게 키스를 하지 않았다고 단언할 때 그는 그녀가 거짓말하고 있다는 것을 알았다. 그러면서도 그녀가 자기에게 애써 거짓말까지 하는 수고를 했다는 것이 기뻤다.

여름이 끝나기 전에 그는 자신이 그녀 주위를 맴도는 여남은명의 남자들 중 하나임을 알았다. 그들 각자는 한때 다른 모든 남자를 물리치고 총애를 받았고 그 가운데 절반 정도는 아직도 이따금씩 감상적으로 재생된 사랑의 위로를 받았다. 그중 한 남자가 오랫동안 무시당한 끝에 경쟁에서 빠질 조짐을 보이면 그때마다 그녀는 그에게 짧으나마 밀월의 시간을 허락했고 그러면 그는 다시 일년가량

더 버텨나갈 용기를 냈다. 주디는 아무런 악의 없이, 사실은 자기 행실이 나쁘다는 의식도 거의 없이, 무력하고 패배당한 남자들을 이렇게 공략했다.

새로운 남자가 읍내에 나타나면 모든 남자는 뒤로 빠졌다. 데이트는 자동적으로 취소되었다.

이에 대해 뭔가 조치를 취하려 해도 어쩔 도리가 없는 것은 그녀가 모든 일을 알아서 했기 때문이다. 그녀는 동역학적 의미에서 '이길' 수 있는 여자가 아니었다. 그녀한테는 영리함도 통하지 않고 매력도 통하지 않았다. 이런 것 중 하나를 가지고 그녀를 너무 강하게 공략하면 그녀는 사태를 즉각 육체적인 차원으로 환원해버리곤 했으며, 그녀의 육체적 광채의 마술 아래서는 영리한 자들뿐 아니라 강한 자들도 자기들의 규칙이 아니라 그녀의 규칙대로 게임을 했다. 그녀는 오로지 자신의 욕망을 충족하고 자신의 매력을 직접 행사함으로써만 즐거움을 느꼈다. 어쩌면 너무 많은 젊은 사랑을 하고, 너무 많은 젊은 연인들을 만나다보니 자기방어로서 오로지 자기 내부로부터만 자양분을 섭취하게 되었는지 모른다.

처음의 들뜬 기분이 가라앉은 후에 덱스터에게 찾아온 것은 초조함과 불만이었다. 그녀에게 넋을 잃고 빠져드는 어쩔 수 없는 황홀경은 강장제라기보다 마취제에 가까웠다. 그런 황홀경의 순간이 자주 찾아오지 않은 것이 겨울철 그의 사업에는 천만다행이었다. 처음 사귈 무렵 그들은 한동안 서로에게 자연스럽게 우러나오는 깊은 매력을 느낀 것 같았다. 이를테면 그 첫번째 팔월의 사흘간, 그녀의 어둑한 베란다에서 보낸 긴 저녁이며, 늦은 오후 내내 어두침침한 골방이나 정원 정자의 격자 울타리 뒤에서 주고받은 기이하고 아련한 키스며, 해가 뜨면서 환하게 밝아올 때 꿈결처럼 청순한 그녀가 그와의 만남을 수줍어하다시피 하던 아침이 그러했다. 거기에는 약혼을 하지 않았다는 자각 때문에 더욱 예민해진 약혼에 대한 온갖 황홀경이 깃들어 있었다. 그가 처음으로 그녀에게 청혼한 것은 그 사흘 동안이었다. 그녀는 "어쩌면 언젠가는요"라거나 "키스해줘요" 혹은 "당신과 결혼하고 싶어요" 아

니면 "당신을 사랑해요" 하고 말했다. 말하자면 그
녀는 아무것도 말하지 않은 것이다.

그 사흘은 뉴욕에서 한 남자가 와서 구월의 절
반 동안 그녀의 집에 머무르는 바람에 중단되었다.
덱스터에게는 괴롭게도 그 둘에 관한 소문이 돌았
다. 남자는 커다란 신탁회사 사장의 아들이었다.
그러나 한달 후에 주디가 하품을 하고 있다는 소문
이 들렸다. 어느날 밤 뉴욕에서 온 남자가 그녀를
찾으려고 미친 듯이 클럽을 수색하는 동안 그녀는
댄스파티에 가서 그 지방 토박이 멋쟁이 남자와 저
녁 내내 모터보트를 탔다. 그녀는 그 멋쟁이 남자
에게 자기 집에 온 남자가 지겹다는 말을 했고, 그
남자는 이틀 후에 떠났다. 그녀가 역까지 배웅하러
나간 것이 목격되었는데, 사실인즉 그가 참으로 애
처롭게 보였다는 소문이 돌았다.

이런 분위기로 여름이 끝났다. 덱스터는 스물
네살이었고 점점 자기가 하고 싶은 대로 할 수 있
는 위치에 서게 되었다. 그는 그 도시의 클럽 두군
데에 가입했으며 그중 한군데서 살았다. 그는 이런

클럽에서 여자 파트너 없이 한쪽 구석에 몰려 있는 총각들 축에는 끼지 않았지만, 주디 존스가 나타날 법한 무도회에는 용케 자리를 지키고 있었다. 그는 원한다면 얼마든지 사교계로 나갈 수 있었다. 이제는 자격이 충분하여 도심지 상가의 딸을 둔 아버지들에게 인기가 있었다. 주디 존스에 대한 사랑을 공언한 것이 오히려 그의 입지를 굳혀주었다. 그러나 그는 사교적인 열망이 전혀 없었고, 목요일이나 토요일 파티에 언제든지 달려갈 태세이거나 젊은 부부와 함께 저녁식사 자리를 채우는 남자 춤꾼들을 경멸하는 쪽이었다. 이미 그는 동부의 뉴욕으로 갈 생각을 굴리고 있었다. 그는 주디 존스를 데려가기를 원했다. 그녀가 성장한 세계에 대해 아무리 환멸을 느껴도 그녀를 차지하고 싶다는 자신의 환상을 치유할 수 없었던 것이다.

그 점을 기억해야 한다. 오로지 그런 관점에서만이 그가 그녀를 위해 한 일이 이해될 수 있기 때문이다.

주디 존스를 만난 지 십팔개월 만에 덱스터는

다른 여자와 약혼을 했다. 그 여자의 이름은 아이린 시어러였고 그녀의 아버지는 언제나 덱스터를 믿어준 사람 중의 하나였다. 아이린은 머리색이 연하고 상냥하고 조신하며 땅딸한 편이었다. 구혼자가 두명 있었지만 덱스터가 정식으로 청혼하자 그녀는 흔쾌히 그 둘을 포기했다.

여름 가을 겨울 봄, 그리고 또 한번의 여름과 또 한번의 가을—돌이켜보면 그는 자신의 활동적인 삶의 너무 많은 부분을 주디 존스의 못 말리는 입술에 바쳤었다. 그녀는 그를 때로는 흥미로 때로는 격려로 때로는 악의로 때로는 무관심으로 때로는 경멸로 대했다. 그녀는 그런 경우에 있을 법한 수많은 냉대와 모멸감을 그에게 가했는데, 애당초 그를 사랑한 것에 대해 복수라도 하는 듯했다. 그녀는 손짓해서 그를 불러놓고 그에게 하품을 했으며 다시 손짓하여 그를 불렀다. 그는 종종 눈을 가늘게 뜨면서 씁쓸하게 반응했다. 그녀는 그에게 황홀경의 행복과 참을 수 없는 정신적 고뇌를 동시에 주었다. 말로 다할 수 없는 불편과 적잖은 골칫거리를 일으키기도 했다. 그에게 모욕을 주는가 하면 그를 밟고 지나가기도 했으며 재미 삼아 그의 일에 대한 관심과 자신에 대한 관심을 견주기도 했었다. 그녀는 그를 비판하는 일을 빼고는 온갖 짓을 다 했었다. 비판만은 하지 않았다. 그를 비판할 경우 그녀가 진지하게 느꼈고 노골적으로 드러냈던 그에 대한 순전한 무관심을 더럽힐 수 있기 때문인 듯했다.

가을이 왔다가 다시 갔을 때 그는 주디 존스를 차지할 수 없다는 생각이 들었다. 그는 이 생각을 좀처럼 마음속에 받아들이지 못했으나 마침내 자신을 납득시켰다. 밤중에 잠이 깬 채로 한동안 누워서 이 문제를 철저히 따져보았다. 그녀가 자신에게 안겨준 골칫거리와 고통을 되뇌어보고 아내로서라면 눈에 띄는 결격사항을 꼽아보았다. 그러고는 그래도 자기는 그녀를 사랑한다고 중얼거리고 잠시 후 잠이 들곤 했다. 전화기 저편에서 들리는 그녀의 목쉰 소리나 점심식사 때 자기를 쳐다보는 그녀의 눈이 떠오를까봐 일주일 동안 그는 일부러

늦게까지 열심히 일했으며 밤에는 사무실에 가서 향후 몇년간의 계획을 짰다.

일주일이 지나자 그는 댄스파티에 가서 한번은 춤상대를 가로채어 그녀와 춤을 추었다. 그들이 만난 이래 거의 처음으로 그는 자기랑 바깥에 앉아 있자고 청하지도 않았고 그녀가 사랑스럽다는 말도 하지 않았다. 그녀가 이런 말을 아쉬워하지 않는다는 것이 마음 아팠다. 그뿐이었다. 그녀에게 오늘밤 새로운 남자가 있다는 사실을 알았을 때 그는 질투하지 않았다. 오래전에 질투하지 않기로 마음을 단단히 먹었던 것이다.

그는 댄스파티에 늦게까지 남아 있었다. 그는 아이린 시어러와 함께 한시간 동안 앉아서 책과 음악에 관해 이야기했다. 그는 어느 쪽에 대해서도 거의 아는 바가 없었다. 하지만 그는 시간을 자기 마음대로 쓰기 시작했고 그러므로 자신 ─ 젊은 나이에 이미 엄청나게 성공한 덱스터 그린이니까 ─ 은 그런 것들에 대해 좀더 많이 알아야 한다는 다소 건방진 생각을 갖고 있었다.

그때는 그가 스물다섯살 되던 시월이었다. 이듬해 일월에 덱스터와 아이린은 약혼을 했다. 약혼은 유월에 발표하기로 하고 그로부터 석달 뒤에 그들은 결혼할 예정이었다.

미네소타의 겨울은 끝없이 이어졌고, 바람이 부드러워지고 마침내 눈이 녹아 블랙베어 호수로 흘러들 때는 오월이 다 되어서였다. 일년여 만에 처음으로 덱스터는 얼마간 정신적인 평온을 누리고 있었다. 주디 존스는 플로리다에 갔다가 나중에는 핫스프링스[6]에 머물렀고 어디에선가 약혼을 했다가 어디에선가 파혼을 했다. 덱스터가 그녀를 단호하게 포기했을 때 처음에는 사람들이 아직도 그둘을 함께 연관짓고 그녀의 소식을 묻는 것이 슬펐지만 만찬 때 아이린 시어러 옆자리에 앉기 시작하면서 사람들은 주디 존스의 소식을 더이상 묻지 않고 오히려 그에게 그녀 이야기를 들려줬다. 이제 그는 그녀에 대해 별로 아는 바가 없었다.

6 아칸소주의 유명한 온천 휴양지.

드디어 오월이 왔다. 덱스터는 어둠이 비처럼
축축한 밤거리를 걸으면서 별로 한 일이 없는데도
너무 많은 황홀경이 너무 빨리 사라져버렸다는 생
각이 들었다. 일년 전 오월은 용서할 수 없지만 그
럼에도 용서할 수밖에 없었던 주디의 격심한 변덕
의 기억으로 또렷했다. 그녀가 그를 사랑하게 되었
다고 상상한 드문 시기 중 하나였다. 그는 옛날의
자그마한 행복을 다 써버리고 이제 생활의 만족을
택한 것이다. 그는 아이린이 자기 뒤에 펼쳐진 커
튼이며, 빛나는 찻잔들 사이를 움직이는 손길이며,
아이들을 부르는 목소리에 지나지 않으리라는 것
을 알고 있었다…… 정염과 사랑스러움은 사라졌
고, 밤의 마술과 변화무쌍한 시간과 계절의 경이로
움도…… 아래쪽으로 말리면서 자신의 입술에 내
려앉아 두 눈의 천국 속으로 자신을 들어올리는 가
느다란 입술도…… 그런 것은 이제 그의 내면 깊은
곳에 있었다. 그것을 가볍게 죽이기에는 그는 너무
나 강하고 생생하게 살아 있었다.

깊은 여름으로 접어드는 길목에서 날씨가 며칠

간 오르락내리락하던 오월 중순의 어느날 밤 그는 아이린의 집에 들렀다. 그들의 약혼은 이제 일주일 후에 발표될 예정이었고 그 소식에 놀랄 사람은 아무도 없었다. 그리고 오늘밤 그들은 '유니버시티 클럽'의 라운지에 함께 앉아서 춤추는 사람들을 한 시간 동안 구경할 것이다. 그녀와 함께 다니면 그는 든든해졌다. 그만큼 그녀는 인기가 탄탄했고 굉장한 '영향력'을 갖고 있었다.

그는 적갈색 사암으로 지은 집 층계를 올라가서 집 안으로 들어섰다.

"아이린." 그가 불렀다.

시어러 부인이 거실에서 나와 그를 맞았다.

"덱스터." 그녀가 말했다. "아이린은 심한 두통 때문에 이층 침실로 올라갔네. 그애는 자네와 함께 나가고 싶어했지만 내가 잠을 자라고 했네."

"심각한 것은 아니겠지요. 전 —"

"아, 아닐세. 내일 아침이면 자네랑 골프 치러 갈 걸세. 딱 하룻밤만 그애 없이 지낼 수 있겠지, 덱스터, 그렇지?"

그녀의 미소는 상냥했다. 시어러 부인과 덱스
터는 서로를 마음에 들어했다. 거실에서 그는 잠
시 이야기를 하다가 작별인사를 했다. 숙소가 있는
'유니버시티 클럽'으로 돌아와 그는 잠시 문간에
서서 춤추는 사람들을 바라보았다. 문설주에 기댄
채 한두 남자에게 고개를 끄덕여 인사를 하고는 하
품을 했다.

　　"자기, 잘 있었죠."

　　그는 팔꿈치 쪽에서 들리는 낯익은 목소리에
깜짝 놀랐다. 주디 존스가 한 남자와 헤어진 뒤 방
을 가로질러 그에게로 왔다. 주디 존스는 금색 옷
을 입은 날씬한 에나멜 인형 같았다. 머리띠가 금
색이었고, 드레스 가두리로 보이는 실내화의 코끝
도 금색이었다. 그에게 미소지을 때 그녀의 희미한
얼굴빛이 꽃피듯 환해졌다. 따뜻하고 밝은 미풍이
방 안 전체를 휩쓸고 지나갔다. 야회복 호주머니에
있는 그의 손이 경련을 일으키듯 불끈 쥐어졌다.
그는 갑자스러운 흥분으로 달아올랐다.

　　"언제 돌아온 거요?" 그가 대수롭지 않게 물었다.

"따라오면 말해줄게요."

그녀는 돌아섰고 그는 그녀를 따라갔다. 그녀는 떠나 있었는데…… 그는 그녀가 돌아온 것이 놀라워 눈물이 날 것 같았다. 그녀는 도발적인 음악처럼 충동적으로 행동하면서 마법에 걸린 거리를 돌아다녔던 것이다. 온갖 신비스러운 일, 온갖 참신하고 생동하는 희망이 그녀와 함께 사라졌다가 이제 그녀와 함께 돌아온 것이다.

그녀는 문간에서 돌아섰다.

"차 가지고 왔나요? 갖고 오지 않았으면 내 차가 있어요."

"쿠페를 갖고 있어."

그녀는 금색 옷을 부스럭거리며 차에 탔다. 그는 문을 쾅 닫았다. 그녀는 지금까지 너무 많은 차들에 이렇게저렇게 올라탔고, 가죽 시트에 등을 대고 저렇게 차 문에 팔꿈치를 괴고 기다리고 있었다. 그녀 자신을 제외하고, 그녀를 더럽힐 수 있는 어떤 것이 있었더라면 그녀는 오래전에 더럽혀졌을 것이다. 그러나 이번에 쏟아져나오고 있는 것은 바로 그녀 자신이었다.

힘을 내어 그는 억지로 차의 시동을 걸고 다시 거리로 나왔다. 이건 아무것도 아니다, 그는 명심해야 했다. 그녀는 전에도 이런 짓을 했으며 그는 장부에서 잘못된 계정을 열십자를 그어 지우듯 그녀를 잊어버리려고 했었다.

그는 천천히 시내로 차를 몰았고 짐짓 정신이 멍한 듯, 여기저기 사람들이 보이는 상가지역의 텅 빈 거리를 가로질러갔다. 영화관에서 사람들이 몰려나오거나 폐병환자나 권투선수 같은 젊은이들이 당구장 앞에서 빈둥거리고 있는 모습이 보였다. 판유리와 우중충한 노란 불빛이 회랑처럼 늘어선 술집에서 술잔이 쨍그랑 부딪히고 손으로 카운터를 철썩 치는 소리가 들렸다.

그녀는 그를 찬찬히 쳐다보았고 당혹스러운 침묵이 흘렀다. 하지만 그는 이런 결정적 순간에 경건한 분위기를 깰 허물없는 말 한마디를 찾아내지 못했다. 편리하게 차를 돌릴 수 있는 지점에서 그는 '유니버시티 클럽'을 향해 다시 지그재그로 나아가기 시작했다.

"내가 보고 싶었나요?" 그녀가 갑자기 물었다.

"모두들 당신을 보고 싶어했지."

그는 그녀가 아이린 시어러에 대해 알고 있는지 궁금했다. 그녀는 돌아온 지 하루밖에 되지 않았다. 그녀가 떠나 있던 시기와 그가 약혼한 시기는 거의 일치했다.

"절묘한 대답이네요!" 주디는 슬프게 웃었다. 그러나 슬픔은 없었다. 그녀는 탐색하듯 그를 쳐다보았다. 그는 운전석 계기판에 몰두하고 있었다.

"전보다 더 멋있어졌네요." 그녀가 생각에 잠겨 말했다. "덱스터, 당신은 가장 오래 기억에 남을 눈을 갖고 있어요."

이 말을 듣자 그는 웃음이 나오려 했지만 웃지는 않았다. 대학 2학년생들에게나 할 법한 그런 종류의 말이었다. 하지만 그 말은 그의 폐부를 찔렀다.

"자기, 이제 모든 게 지긋지긋해졌어요." 그녀는 누구에게나 '자기'라고 불렀고 그 애칭에 그녀

특유의 허물없는 동료애를 부여했다. "당신이 나랑 결혼하면 좋겠어요."

이렇게 단도직입적인 말을 듣자 덱스터는 당황했다. 지금 그는 다른 여자와 결혼하기로 했다는 말을 해야 했으나 차마 할 수가 없었다. 그것은 그녀를 사랑한 적이 없었노라고 맹세하는 것만큼이나 어려웠다.

"우리는 사이좋게 지낼 거예요." 그녀가 똑같은 어조로 말을 이었다. "당신이 나를 잊어버리고 다른 여자와 사랑에 빠지지 않았다면 말이에요."

그녀의 자신감은 누가 봐도 엄청났다. 그녀는 그런 일은 있을 수 없다는 것을 알고 있으며, 설령 그게 사실이라 해도 십중팔구 그가 자신을 과시하기 위해 유치하고 분별없는 짓을 저질렀을 뿐이라는 요지의 말을 했다. 그녀는 그를 용서할 것이었다. 왜냐하면 그건 조금도 중요한 게 아니고 가볍게 털고 지나가야 할 문제이기 때문이었다.

"물론 당신은 나 말고 다른 사람을 절대 사랑할 수 없을 거예요." 그녀가 계속 말했다. "난 당신이 나를 사랑하는 방식이 좋아요. 아, 덱스터, 작년 일을 잊었나요?"

"아니, 잊지 않았어."

"나도 잊지 않았어요!"

그녀는 진정으로 감동한 것일까, 아니면 자신의 연기에 빠져들어 도취한 것일까?

"우리가 다시 그렇게 될 수 있으면 좋겠어요." 그녀가 말했고 그는 가까스로 이렇게 대답했다.

"그렇게 될 수는 없을 것 같아."

"나도 그렇게 생각해요…… 듣자 하니 아이린 시어러한테 맹렬하게 구애하고 있다고 하더군요."

'아이린 시어러'라는 이름에 조금도 강세가 주어지지 않았지만 덱스터는 갑자기 부끄러움을 느꼈다.

"아, 집으로 데려다줘요." 주디가 갑자기 소리쳤다. "그런 바보 같은 댄스파티로는 돌아가고 싶지 않아요. 어린애 같은 사람들이 있는 곳으로는 말이에요."

그래서 그가 주택가로 통하는 거리로 차를 돌

리자 주디는 혼자 조용히 울기 시작했다. 그는 지금껏 그녀가 우는 모습을 본 적이 없었다.

어두운 거리에 불이 들어오면서 그들 주위에 부자들의 주거지가 나타나자 그는 크고 하얀 모티머 존스 가의 웅장한 저택 앞에 쿠페를 세웠다. 저택은 축축한 달빛의 광휘에 젖어 졸고 있는 듯했고 호화로웠다. 그는 그 견고함에 움찔 놀랐다. 튼튼한 벽이며 강철 대들보며 그 가로 세로의 폭과 웅장함은 오로지 자기 옆에 있는 이 젊은 미녀와 뚜렷한 대조를 이루기 위해 있는 듯했다. 저택의 견고함은 그녀의 가냘픔을 돋보이게 했는데, 마치 나비 한마리의 날갯짓으로 얼마나 근사한 미풍이 생겨나는지를 보여주려는 듯했다.

움직이기만 하면 그녀를 품에 안을 수밖에 없을 것 같아 아우성치는 신경을 곤두세운 채 그는 꼼짝 않고 가만히 앉아 있었다. 눈물 두방울이 그녀의 젖은 얼굴에 흘러내려 윗입술에 맺혀 떨고 있었다.

"난 누구보다 더 아름다워요." 그녀가 훌쩍이면

서 말했다. "근데 왜 행복할 수 없나요?" 그녀의 촉촉한 두 눈이 다잡은 그의 마음을 찢어발겼다. 그녀의 입이 절묘하게 슬픈 표정을 지으며 천천히 아래로 뒤틀렸다. "덱스터, 당신이 나를 갖겠다면 당신과 결혼하고 싶어요. 당신은 내가 차지할 만한 가치가 없다고 생각하는 것 같은데, 덱스터, 나는 당신에게 더없이 아름다운 여자가 되겠어요."

분노와 자존심과 열정과 증오와 다정함을 담은 백만 구절의 말이 그의 입술에서 맴돌았다. 그러자 완벽한 감정의 파도가 그를 엄습해서 지혜와 관습과 의심과 명예의 앙금을 모두 휩쓸고 가버렸다. 지금 말하고 있는 이 사람이야말로 그의 여자였다. 그의 것이자 그의 아름다움이자 그의 자존심이었다.

"들어오지 않겠어요?" 그는 그녀가 급하게 숨을 들이마시는 소리를 들었다.

기다림.

"좋아." 그의 목소리가 떨렸다. "들어가지."

5

그녀와의 관계가 끝났을 때나 그후 오랜 시간
이 지난 후에도 그에게 그날 밤 일이 후회스럽지
않은 것은 이상했다. 십년의 관점에서 보면 자신에
대한 주디의 정염이 겨우 한달간 지속되었다는 사
실도 별로 중요한 것 같지 않았다. 또한 그녀에게
굴복함으로써 그가 끝내는 더 깊은 고뇌를 겪게 되
었을뿐더러 아이린 시어러와 그를 다정하게 대해
준 아이린의 부모에게 심각한 상처를 주었다는 것
도 중요하지 않았다. 아이린의 비애에는 그의 뇌리
에 각인될 만큼 그림처럼 생생한 것이 없었다.

덱스터는 본질적으로 마음이 강한 사람이었다.
자신의 행동에 대한 이 도시 사람들의 태도는 그
에게 전혀 중요하지 않았다. 이 도시를 곧 떠날 예
정이라서 그런 것이 아니라 그 상황에 대해 밖으
로 드러나는 어떤 태도도 피상적으로 여겨졌기 때
문이다. 그는 대중의 의견에는 전적으로 무관심했
다. 또한 이제 소용없다는 것을, 즉 자신에게는 주

디 존스를 근본적으로 움직이게 하거나 붙잡아둘 힘이 없다는 것을 깨달았을 때 그녀에게 어떤 악의도 품지 않았다. 그는 그녀를 사랑했고 너무 늙어서 사랑할 수 없는 그날까지 그녀를 사랑할 것이지만, 그녀를 차지할 수는 없었다. 그래서 그는 잠시 깊은 행복을 맛보았듯이 오직 강자들한테만 주어지는 깊은 고통을 맛보았다.

심지어 주디가 약혼을 끝내는 근거로 내세운 것, 즉 아이린에게서 "그를 빼앗고" 싶지 않다는 것이 궁극적으로 거짓이라는 것 — 주디는 오로지 그를 빼앗기만을 원했다 — 에도 그는 반감을 갖지 않았다. 그는 어떤 반감이나 즐거움도 초월해 있었다.

덱스터는 세탁소를 팔고 뉴욕에 정착할 생각으로 이월에 동부로 갔으나, 삼월에 미국이 전쟁[7]에 참전하는 바람에 계획을 바꾸었다. 그는 서부로 돌아와 사업의 경영권을 동업자한테 넘기고 사월 말

---

7 1914~18년의 제1차 세계대전을 가리키는데, 미국은 1918년 3월 연합군 측에 참전했다.

에 제1사관훈련소에 입소했다. 그는 뒤얽힌 감정
의 타래에서 해방되는 것을 반기며 얼마간 안도감
으로 전쟁을 맞이한 수천명의 젊은이들 가운데 하
나였다.

6

비록 덱스터가 어렸을 때 꾸었던 꿈들과는 무
관한 사건들이 끼어들었지만 이 이야기는 그의 전
기가 아님을 기억하기 바란다. 우리는 이제 그의
꿈들과 그에 관해서 할 이야기를 거의 다 했다. 여
기서 이야기할 사건이 딱 하나 더 남아 있을 뿐인
데, 그 일은 칠년 후에 일어난다.

그 사건은 뉴욕에서 일어났다. 거기서 덱스터
는 성공해서, 너무나 큰 성공을 거두어서 넘지 못
할 장애가 없었다. 그는 서른두살이었으며 전쟁 직
후에 딱 한번 비행기로 다녀온 것을 제외하면 칠년
동안 서부에 가지 않았다. 디트로이드 출신의 데블
린이라는 이름의 남자가 사업상의 용무로 사무실

로 그를 찾아왔다. 그때 거기서 그 사건이 일어남으로써, 말하자면 그의 생애의 이 특정한 국면을 종결지었다.

"그러니까, 선생님은 중서부 출신이군요." 데블린이라는 사람이 호기심으로 무심결에 말했다. "이상하군요. 선생님 같은 사람들은 월가에서 태어나 자란다고 생각했어요. 한데 말이지요, 디트로이트의 내 친한 친구의 부인이 바로 선생님 고향 출신이에요. 그 친구 결혼식에서 내가 들러리를 섰지요."

덱스터는 무슨 말이 나올지 전혀 감을 잡지 못한 채 기다렸다.

"주디 심스라고." 데블린은 특별한 관심을 보이지 않고 말했다. "결혼 전에는 주디 존스였죠."

"네, 그 여자를 알지요." 희미한 조바심이 서서히 그를 덮쳤다. 그는 물론 그녀가 결혼했다는 말은 들었다. 어쩌면 일부러 더이상의 소식을 듣지 않았는지 모른다.

"굉장히 좋은 여자죠." 데블린은 생각에 잠겨

별뜻 없이 말했다. "좀 안됐어요."

"왜요?" 덱스터 내면의 뭔가가 긴장하면서 동시에 예민해졌다.

"아, 러드 심스는 어떤 면에서는 망가졌거든요. 그 친구가 그녀를 학대한다는 뜻은 아니지만 술 마시며 놀아나고—"

"그녀는 놀아나지 않고요?"

"아니요. 애들이랑 집에 있지요."

"아."

"그녀는 그에 비해 나이가 좀 너무 많아요."

"나이가 너무 많다고요!" 덱스터가 소리쳤다. "아니, 이보시오, 그녀는 스물일곱밖에 안됐단 말이오."

그는 당장 길거리로 달려나가 디트로이트행 기차를 잡아탈까 하는 걷잡을 수 없는 생각에 사로잡혔다. 그는 발작하듯 벌떡 일어섰다.

"바쁘신 것 같군요." 데블린이 재빨리 사과했다. "그리신 줄도 모르고—"

"아니요, 바쁘지 않아요." 덱스터는 목소리를 가

라앉히며 말했다. "전혀 바쁘지 않아요. 전혀 바쁘지 않다고요. 그녀가—스물일곱살이라고 선생님이 말했던가요? 아냐, 내가 스물일곱살이라고 했지."

"맞습니다, 선생님이 그렇게 말했어요." 데블린이 메마른 목소리로 동의했다.

"그럼, 계속해보세요. 계속해봐요."

"무슨 말씀이세요?"

"주디 존스 이야기 말이오."

데블린은 어쩔 수 없다는 듯이 그를 쳐다보았다.

"글쎄요, 그게—선생님한테 할말은 다 했어요. 그 친구가 그녀를 아주 심하게 대해요. 아, 그렇다고 이혼할 거라거나 그런 것은 아니고요, 그 친구가 아주 몹쓸 짓을 해도 그녀가 용서해주니까요. 사실 나는 그녀가 그 친구를 사랑한다고 생각하는 편이에요. 디트로이트에 처음 왔을 때 그녀는 예쁜 여자였어요."

예쁜 여자였다니! 그 구절이 덱스터에게는 우스꽝스럽게 여겨졌다.

"더이상 예쁜 여자가 아니라는 거요?"

"아, 그런대로 괜찮아요."

"이보시오." 덱스터가 갑자기 앉으면서 말했다. "이해가 되지 않아요. 그녀가 '예쁜 여자'였다고 했다가 이제는 '그런대로 괜찮다'고 하니. 무슨 말인지 이해가 되지 않아요. 주디 존스는 예쁜 여자 정도가 아니었어요. 그녀는 대단한 미인이었어요. 아니, 난 그 여자를 알고 있어요, 그녀를 알고 있다고요. 그녀는—"

데블린이 유쾌하게 웃었다.

"말싸움을 하려는 것은 아닙니다." 그가 말했다. "난 주디가 좋은 여자라고 생각하고 그녀를 좋아해요. 이해할 수 없는 것은 러드 심스 같은 사내가 어떻게 그녀와 미친 듯이 사랑에 빠질 수 있는가 하는 것인데, 그 친구는 그랬거든요." 그러고는 이렇게 덧붙였다. "대부분의 여자들과 다를 게 없는 여잔데 말이죠."

덱스터는 이 사람이 이런 말을 하는 것은 상당히 둔감하거나 사적인 악의를 품고 있거나 필시 어떤 이유가 있을 거라는 생각이 들어서 데블린을 유심히 쳐다보았다.

"수많은 여자들이 바로 **그렇게** 시들지요." 데블린은 손가락으로 딱딱 소리를 내며 말했다. "선생님도 그런 일이 일어나는 것을 봤을 거예요. 어쩌면 결혼식 때 그녀가 얼마나 예뻤는지 내가 잊어버렸는지도 모르지요. 그때 이후로 그녀를 너무 많이 보아왔으니까 말이에요, 그녀는 눈매가 예뻐요."

아둔함 같은 것이 덱스터에게 찾아들었다. 난생처음 그는 몹시 취하는 듯한 기분이었다. 데블린의 말을 듣고 자신이 요란하게 웃고 있음을 알고 있었지만 그게 무슨 말인지, 그게 왜 우스운지 알지 못했다. 그러다가 몇분 후에 데블린이 나가자 그는 안락의자에 누워 창밖으로 뉴욕의 스카이라인을 쳐다보았다. 희미한 분홍빛과 황금빛의 영롱한 색조로 둘러싸인 태양이 스카이라인 속으로 가라앉고 있었다.

덱스터는 더이상 잃어버릴 것이 없으니 이제는 상처받지 않을 것이라고 생각했었다. 그러나 마치 주디 존스와 결혼하여 그녀가 자기 눈앞에서 삭아 가는 모습을 보기라도 한 듯이 그는 더 소중한 무엇을 방금 잃어버렸다는 것을 확실히 알았다.

꿈이 사라진 것이었다. 그는 무엇인가를 빼앗긴 것이었다. 공포와 비슷한 감정에 사로잡혀 그는 두 손바닥을 두 눈에 갖다대고 셰리아일랜드에 넘실거리는 물결이며 달밤의 베란다며 골프장에서의 체크무늬 옷이며 메마른 태양이며 그녀 목덜미의 부드러운 황금색 솜털의 모습을 떠올리려고 애썼다. 그리고 키스할 때 촉촉하게 느껴지던 그녀의 입술이며 우수에 젖은 그녀의 서글픈 두 눈이며 아침나절의 새 고급 리넨 같은 그녀의 청순함도 떠올리려 애썼다. 아니, 그것들은 이제 세상에는 없구나! 그것들은 한때 존재했지만 이제 더이상 존재하지 않았다.

몇년 만에 처음으로 눈물이 그의 얼굴에 흘러내렸다. 그러나 그 눈물은 이제 그 자신을 위해 흘리는 것이었다. 그는 입이며 눈이며 움직이는 손이 어떻든 개의치 않았다. 그러고 싶었지만 그럴 수가 없었다. 왜냐하면 그는 멀리 사라져버렸고 다시는 돌아올 수 없었기 때문이다. 문들은 굳게 닫혔고 해는 졌으며 모든 시간을 견뎌내는 회색 강철의 아름다움 말고는 이제 어떤 아름다움도 없었다. 심지어 그가 감내할 수 있었던 비애조차도 그의 겨울 꿈이 만발했던 환상의 나라, 청춘의 나라, 풍요로운 삶의 나라에 남겨진 것이었다.

"오래전에," 그가 말했다. "오래전에 내 속에 무엇인가가 있었지만 이제 그것은 사라졌어. 이제 그것은 사라졌어, 사라졌단 말이야. 난 울 수 없어. 마음을 쓸 수도 없어. 이제 그것은 다시는 돌아오지 않을 거야."

옮긴이 한기욱

한국외대 영문과와 서울대 영문과 대학원을 졸업하고 같은 대학원에서 허먼 멜빌 연구로 박사학위를 받았다. 지은 책으로 『문학의 열린 길』 『문학의 새로움은 어디서 오는가』 『영미문학의 길잡이』(공저), 옮긴 책으로 『필경사 바틀비』 『우리 집에 불났어』 『브루스 커밍스의 한국현대사』(공역) 『미국 패권의 몰락』(공역) 등이 있다. 현재 『창작과비평』 편집고문, 인제대 영문과 명예교수로 있다.

시티 픽션: 뉴욕

초판 1쇄 발행／2023년 10월 16일

지은이／허먼 멜빌 외
옮긴이／한기욱
펴낸이／염종선
책임편집／한예진 양재화
조판／신혜원
펴낸곳／(주)창비
등록／1986년 8월 5일 제85호
주소／10881 경기도 파주시 회동길 184
전화／031-955-3333
팩시밀리／영업 031-955-3399 편집 031-955-3400
홈페이지／www.changbi.com
전자우편／lit@changbi.com

한국어판 ⓒ (주)창비 2023
ISBN 978-89-364-3934-7 04840
ISBN 978-89-364-3932-3 04800 (세트)